共和国故事

劈 山 造 路

——湘黔铁路设计施工与建成通车

张学亮 编写

吉林出版集团股份有限公司

图书在版编目（CIP）数据

劈山造路：湘黔铁路设计施工与建成通车/张学亮编. —

长春：吉林出版集团股份有限公司，2009.12

（共和国故事）

ISBN 978-7-5463-1757-1

Ⅰ. ①劈… Ⅱ. ①张… Ⅲ. ①纪实文学－中国－当代 Ⅳ. ①I25

中国版本图书馆 CIP 数据核字（2009）第 237769 号

劈山造路——湘黔铁路设计施工与建成通车

PISHAN ZAOLU　XIANGQIAN TIELU SHEJI SHIGONG YU JIANCHENG TONGCHE

编写　张学亮

责任编辑　祖航　宋巧玲

出版发行　吉林出版集团股份有限公司

印刷　三河市嵩川印刷有限公司

版次　2010 年 1 月第 1 版　　2022 年 1 月第 9 次印刷

开本　710mm×1000mm　1/16　　印张　8　字数　69 千

书号　ISBN 978-7-5463-1757-1　　定价　29.80 元

社址　吉林省长春市福祉大路 5788 号

电话　0431－81629968

电子邮箱　tuzi8818@126.com

前　言

　　自 1949 年 10 月 1 日中华人民共和国成立至今,新中国已走过了 60 年的风雨历程。历史是一面镜子,我们可以从多视角、多侧面对其进行解读。然而有一点是可以肯定的,那就是,半个多世纪以来,在中国共产党的领导下,中国的政治、经济、军事、外交、文化、教育、科技、社会、民生等领域,都发生了深刻的变化,中国人民站起来了,中华民族已屹立于世界民族之林。

　　60 年是短暂的,但这 60 年带给中国的却是极不平凡的。60 年的神州大地经历了沧桑巨变。从开国大典到 60 年国庆盛典,从经济战线上的三大战役到经济总量居世界第三位,从对农业、手工业、资本主义工商业的三大改造到社会主义市场经济体制的基本确立,从宜将剩勇追穷寇到建立了强大的国防军,从废除一切不平等条约到独立自主的和平外交政策,从"双百"方针到体制改革后的文化事业欣欣向荣,从扫除文盲到实施科教兴国战略建设新型国家,从翻身解放到实现小康社会,凡此种种,中国人民在每个领域无不留下发展的足迹,写就不朽的诗篇。

　　60 年的时间在历史的长河中可谓沧海一粟。其间究竟发生了些什么,怎样发生的,过程怎样,结果如何,却非人人都清楚知道的。对此,亲身经历者或可鲜活如昨,但对后来者来说却可能只是一个概念,对某段历史的记忆影像或不存在,或是模糊的。基于此,为了让年轻人,特别是青少年永远铭记共和国这段不朽的历史,我们推出了这套《共和国故事》。

《共和国故事》虽为故事,但却与戏说无关,我们不过是想借助通俗、富于感染力的文字记录这段历史。在丛书的谋篇布局上,我们尽量选取各个时代具有代表性或深具普遍意义的若干事件加以叙述,使其能反映共和国发展的全景和脉络。为了使题目的设置不至于因大而空,我们着眼于每一重大历史事件的缘起、过程、结局、时间、地点、人物等,抓住点滴和些许小事,力求通透。

历史是复杂的,事态的发展因素也是多方面的。由于叙述者的视角、文化构成不同,对事件的认知或有不足,但这不会影响我们对整个历史事件的判断和思考,至于它能否清晰地表达出我们编辑这套书的本意,那只能交给读者去评判了。

这套丛书可谓是一部书写红色记忆的读物,它对于了解共和国的历史、中国共产党的英明领导和中国人民的伟大实践都是不可或缺的。同时,这套丛书又是一套普及性读物,既针对重点阅读人群,也适宜在全民中推广。相信它必将在我国开展的全民阅读活动中发挥大的作用,成为装备中小学图书馆、农家书屋、社区书屋、机关及企事业单位职工图书室、连队图书室等的重点选择对象。

编　者

2010 年 1 月

一、 中央决策与规划

●会战总指挥部发出动员令："打一场湘黔铁
　路的人民战争。"

毛泽东说修建铁路迫在眉睫

20 世纪 60 年代初，毛泽东和中共中央作出一项重大的战略决策，集中力量进行中国的大三线建设，其中修建成昆铁路等西南 3 条铁路是这个战略决策的重要组成部分。

毛泽东提出三线建设的战略构想，大致如下：

把全国划分为前线、中间地带和战略后方，分别简称为一线、二线和三线。

按照中国军事经济地理区划，东北及沿海各省市是第一线，包括沿海和边疆省区，如北京、上海、天津、辽宁、黑龙江、吉林、新疆、西藏、内蒙古、山东、江苏、浙江、福建、广东等。

三线则是指长城以南、广东省韶关以北、京广铁路以西、甘肃乌鞘岭以东的广大地区，包括基本属于内地的四川、贵州、云南、陕西、甘肃、宁夏、青海 7 个省区及山西、河南、湖南、湖北等省区靠内地的一部分，共涉及 11 个省区。

四川、云南、贵州及湘西、鄂西为西南三

线，陕、甘、宁、青及豫西、晋西为西北三线。

相对于西北、西南的大三线，中部及沿海地区腹地称小三线。

介于一、三线地区之间地带，就是二线地区。

在那个风云激荡的年代，年轻的共和国刚刚走出饥饿困境，又面临反华浪潮的重重包围，面临沉重的国际压力。

60年代初，中苏两国的关系急剧恶化，苏联在我国北部边境陈兵，对我国虎视眈眈。

盘踞在台湾的蒋介石政权咄咄逼人，妄图反攻大陆。

1962年10月，印度在中印边境挑起事端，直接导致一系列中印边境的军事冲突。

1964年，美国制定了绝密报告《针对共产党中国核设施直接行动的基础》，试图出动空军袭击中国即将进行第一颗原子弹试验的核基地。

美国总统约翰逊和国务卿腊斯克、国防部长麦克纳马拉就此进行了讨论，并与台湾进行了具体商议。

美军在台湾海峡举行了核战争演习。

1964年8月初，北部湾事件爆发，美国驱逐舰与越南海军鱼雷艇发生激战，美国第七舰队出动军舰和飞机开进北部湾，悍然袭击越南北部。

越南战争规模扩大，并延烧到中国南部地区，海南岛和北部湾沿岸都落下了美国的炸弹和导弹，直接威胁中国安全。

白宫扬言要教训中国，形势一度非常紧张。

1964 年 5 月到 8 月间，毛泽东多次就三线建设问题同中共中央和国务院有关部门负责人谈话，反复强调了建设三线的重要性。

在 1964 年 6 月 6 日的中央工作会议上，毛泽东作了讲话，讲话集中在两个方面：

一是改变计划方法。过去制订计划的方法基本上是学苏联的，先定下多少钢，然后根据它来计算要多少煤炭、电力和运输力量，再计算要增加多少城镇人口、多少福利。

钢的产量变小，别的跟着减。这是摇计算机的老办法，不符合实际，行不通。这样计算，把老天爷计算不进去，国际援助也计划不进去，天灾来了，偏不给你们那么多粮食，城市人口不增加那么多，别的就落空。打仗计划不进去，国际援助也计划不进去。

要改革计划方法，这是一个革命。学上了苏联方法以后，成了习惯势力，似乎难以改变。这几年我们摸索出了一些方法，我们的方针是以农业为基础，以工业为主导。

按照这个方针制订计划，先看能生产多少

粮食，再看需要多少化肥、农药、机械、钢铁，还要考虑打仗的需要。

二是进行战备。只要帝国主义存在，就有战争的危险。我们不是帝国主义的参谋长，不晓得他们什么时候要打仗。决定战争最后胜利的不是原子弹，而是常规武器。

要搞三线的工业基础的建设，一、二线也要搞点军事工业。各省都要有军事工业，要自己造步枪、冲锋枪、轻重机枪、迫击炮、子弹、炸药。有了这些东西，就放心了。

一个多月前，总参谋部向中央的报告中谈道：

如果敌人突然袭击，情况相当严重。

第一，工业过于集中。全国 14 个百万以上人口大城市，就集中了约 60% 的主要民用机械和 52% 的国防工业。

第二，大城市人口多。全国 14 个百万人口的大城市，大都在沿海地区，防空问题尚无有效措施。

第三，主要铁路枢纽、桥梁和港口码头多在大城市附近，还缺乏应付敌人袭击的措施。

第四，所有水库的紧急泄水能力都很小，一旦遭到破坏，将酿成巨大灾害。

除国防工业外，三年自然灾害的痛苦教训，使人们对于保证基本日常生活用品和食品的要求殊为迫切。

早在1964年2月到4月，农业、财政、工交长期规划会议先后召开。

谭震林主持研究落实5亿亩稳产高产农田的建设问题。

李先念主持财贸会议讨论农产品收购政策。

长期规划会议认为：

"三五"计划的中心任务，一是按不高的标准基本上解决吃穿用，1970年粮食达到600亿斤左右，衣着消费量达到人均24尺左右；二是兼顾国防，解决国防所需的常规武器，突破国防尖端技术；三是加强基础工业对农业和国防工业的支援。归纳起来就是：吃穿用第一，基础工业第二，国防第三。

毛泽东对这个计划安排不满意。

5月27日，毛泽东找来刘少奇、周恩来、邓小平、李富春、彭真、罗瑞卿等人谈了他的一些看法。

毛泽东从存在着战争严重威胁的估计出发，他提出：

在原子弹时期，没有后方不行。"三五"计划要考虑解决全国工业布局不平衡的问题，要搞一、二、三线的战略布局，加强三线建设，防备敌人入侵。

毛泽东的态度迅速扭转了大家的认识。第二天，各人发言陆续表态。

李富春说：

还有两个战略布局问题我们在计划中注意不够，一个是工业布局的纵深配备问题。现在是原子时代，我们整个工业的战略布局，必须要真正重视建设后方，搞纵深配备，战略展开。可是我们在计划中间对西南的建设就注意不够。比如铁路修建，成昆路没有安排，湘黔路只安排了一半。

周恩来说：

这个计划一看就看得出来，不仅成昆铁路跟张家口到白城子的铁路没有列上，就是拿整个运输力量跟整个生产量的对比来计算也能看出，交通运输方面的安排是通不过的。这就是说，这个布局是不完全的。基础工业上不来，怎么能够支援农业跟照顾国防呢？

刘少奇着重讲了控制基本建设规模。他说：

> 昨天在主席那里谈的基本的一点，就是搞四川这个第三线，现在要准备，要着手。现在不着手，耽误了时间，将来不利……最近的确是有这样一个苗头，一放松大家就放手去干，这个苗头继续发展下去，就又要发生过去基本建设战线过长等问题。酒泉似乎也可以慢一点。

经过讨论，大家取得了一致的意见，决定把毛泽东的意见和"初步设想"结合起来，在逐步解决吃穿用问题的同时，加强三线建设。

邓小平表示：这次计划按农轻重、解决吃穿用和两个拳头、一个屁股进行安排，是建设的完整方针。攀枝花钢铁工业基地的建设，为第三个五年计划打基础。

毛泽东在会议上明确指出：

> 要有第三线，要搞西南后方，在西南形成冶金、国防、石油、铁路、煤、机械工业基地。

他又强调说：

我们的工业建设，把攀枝花钢铁厂建起来。

毛泽东的话引起了与会者的共鸣，大家一致拥护他的主张：

在加强农业生产、解决人民吃穿用的同时，迅速展开三线建设，加强战备。

毛泽东同时也考虑到，由于地理和历史的原因，当时中国70%的工业分布于东北和沿海地区，从军事经济学的角度看，这种工业布局显得非常脆弱，东北的重工业完全处于苏联的轰炸机和中短程导弹的射程之内。

毛泽东还想到，在沿海地区，以上海为中心的华东工业区则完全暴露在美国航空母舰的攻击范围中。

毛泽东担心，一旦战争开始，中国的工业将很快陷入瘫痪。

1969年3月，中苏边境冲突加剧，在珍宝岛战斗中，苏联在边境陈兵百万，炮弹直指中国各大城市。

1970年，毛泽东在中央书记处会议上强调：要准备帝国主义可能发动的侵略战争，战争的硝烟在弥漫，修路迫在眉睫。

中央军委批准修建湘黔铁路

1970 年 8 月 8 日，国家建委主持召开了贵州、湖南、广西省区，广州、昆明两军区，铁二局、四局，铁二院、四院等有关方面负责人会议。

国务院副总理李先念和国家计委负责人余秋里、经委负责人袁宝华等领导参加了会议，会议着重研究了湘黔、枝柳铁路大会战问题。

大家一致认为，湘黔铁路沿线山势非常险峻，线路横穿湖南中西部的雪峰山脉，再穿越贵州高原的苗岭和云雾山区，期间要飞越湘江、资水、沅江、清水江等诸多河流。

而且，不少地段布满了断层、裂谷、溶洞、暗河、流沙和软土层，会给施工带来重重困难。

李先念先后两次在会议上讲话，他着重强调了抢修湘黔线的重要战略意义。

李先念操着浓重的湖北口音风趣地说：

西南三省这个大胖子肚子大，嘴巴也大，但脖子太细。

肚子大说明肚里有货，西南三省物产丰富；嘴巴大说明进得多，需求量大；脖子太细说明

交通不发达，不通畅，所以吃不进也吐不出，迫切需要我们动大手术，把脖子加粗，增大进出口通道。

这样才能从根本上做到西南供求物资畅通无阻。我们要从时间上保证，争取两年把这条具有战略意义的钢铁运输线建成。

李先念的话在会议上引起了强烈反响，大家讨论极为热烈。

会议结束前，李先念加重语气，对各方面的指挥官们说：

修建湘黔线是经毛主席、周总理亲自审定的，各地要由军队、政府、工程局成立统一的指挥部、统一的党委，加强领导，搞好团结协作，不辜负党中央和毛主席的期望。

1970年8月25日，中央军委批准了"湘黔、枝柳铁路建设会议纪要"，下达了修建湘黔、枝柳两条铁路的命令。

国务院和广州军区、昆明军区等组成了"湘黔、枝柳铁路会战总指挥部"，领导两条铁路的修建工程。广州军区陈海涵任总指挥，副总指挥由昆明军区徐其孝、交通部苏杰、国家计委刘炳华、商业部贾一民等担任。

湖南、贵州、广西相继成立了"铁路会战指挥部"，负责本省区的铁路修建工作。

历史上湘黔线曾三上三下，经历了30余年，线路仍然没有修通。

早在1921年，孙中山先生在他的《建国方略》中，就把湘黔铁路作为振兴中华的重点工程。按当时设想，湘黔铁路东起湖南株洲，西到贵州贵定。

在没有湘黔铁路前，湖南到贵州，必须要从广西绕，经柳州、桂林进贵州麻尾、独山，需要10多个小时。

1937年2月，完成了全线初测，随后分别招标修筑土方和沿线桥梁工程。

当时预计30个月全线修通。

不料，1938年秋，日本侵略军进犯湘北，国民党政府实行"焦土抗战"政策，放火烧毁了长沙，并决定湘黔线停工拆轨，沿线路基桥梁都遭到了破坏。

1939年，国民党政府又将已经铺好的轨道全部拆除，所有钢轨、枕木、材料等都拨运到广西修筑黔桂铁路。

湘黔线贵州段的东山坪隧道，国民党政府派劳工搞了好几年，几次改变施工位置，隧道越缩越短，在一次塌方中，多个工人被活活埋在洞里面。

当地人民把东山坪隧道称为"鬼门关"。

1943年，蒋介石在他所著的《中国之命运》一书中，又说要修建湘黔铁路。

抗战胜利后，田心至湘潭东恢复通车。但在抗战胜利以后，国民党竟然发动了内战，修建湘黔铁路的想法也因此而终结。

新中国成立以后，中央人民政府决定修筑湘黔铁路。

1953 年 6 月重新修建田心至湘潭东段，1954 年 1 月湘江大桥建成后，田心至湘潭站通车。

1956 年 8 月，湘潭至新化段由铁道兵开工修建。

其余线路由铁道部第四院重新设计，线路改为经怀化与枝柳交会，然后可以进入贵州贵定与黔桂线相连。

1961 年 12 月铺轨至金竹山站；1962 年 4 月办临时运营，1966 年正式运营。后来因为国家经济调整，其余各段于 1962 年停工。

指挥部发动湘黔铁路大会战

1970 年 9 月，会战总指挥部向湖南、贵州人民发出了动员令：

> 高举毛泽东思想伟大红旗，打一场湘黔铁
> 路的人民战争。

贵州各族人民纷纷响应，他们都高喊着："响应毛主席号召，修湘黔铁路去！"就像当年送子当红军那样，各地纷纷涌现出全家参战，父子、夫妻、兄弟争相报名参加铁路建设的场面。

仅用了一个月的时间，便汇集了 34 万人的铁路会战大军。当时只有 13 万人的江口县就有 5.5 万人参加铁路会战，超过了分配名额的 20 倍，贵州省共组成了几十个民兵团。

湖南是毛泽东的家乡，也是革命老区，当时指挥部的动员令一下达，湖南省便掀起了声势浩大的铁路会战运动。

在短短 20 天，湖南就抽调了 45 万民兵，组成了 100 个民兵团。

铁道部共抽调了 9 万多人的铁路设计、施工专业队

伍奔赴会战工地。

广东省先后派了 1000 多人的医疗队伍为大会战服务。

鞍钢、武钢以及山海关、株洲、都匀、南京桥梁厂和其他许多工厂、企业及时提供了钢轨、桥梁、水泥等大量物资。

会战大军当时是在运输工具极少的情况下走向工地的,他们为了早一天到达工地,从洞庭湖畔、湘江两岸到贵州高原,沿着当年红军长征走过的道路,扛着红旗,背着背包,跋山涉水,从四面八方聚集到千里湘黔线上。

韶山民兵团出发之前,在韶山车站毛主席的巨型塑像前举行了誓师大会。

民兵们齐声宣誓:

一定要为毛主席家乡争光,不修好湘黔铁路决不下战场!

在遵义会议的会址红楼前面,遵义的民兵师在出发前,列队听取曾给抢渡乌江天险的红军带路的革命老人石扬光讲述红军的革命传统。大家纷纷表示要在湘黔铁路建设中为人民立新功。

贵州镇宁的民兵们,徒步行军 14 天达 400 多公里,当他们到达工地的时候,有 70% 的人脚都走肿了。

铁二局中学参战的 1000 多名十五六岁的学生军,从成都乘车到贵定以后，扛着背包从贵定徒步奔赴施工地点。

湖南冷水江市为了迎接从这里路过的铁路建设者，整个城市都动起来了。当地群众腾出了 2100 多间房屋让过路的工人、民兵居住。

冷水江市沿江 30 多公里的公路两旁，接待站、茶水站、医疗站星罗棋布。

每当筑路大军从这里经过，小朋友和街道居民就热情地把一杯杯热茶送到他们手里。

刚刚下班回到家的工人们顾不得洗脸换下衣服，就忙着去帮助铁路建设者安排食宿。

一些白发苍苍的老人也来到了大街上为筑路大军带路，引着他们到食宿站去吃住。

冷水江市群众的热情深深感动了过路的铁路工人和民兵们，大家都说，为了修建湘黔铁路，冷水江一下变成了"热水江"。

1970 年冬天，24 名苗族老乡赶着 500 多只肥羊，从贵州东北角的沿河县出发，一路送到了铁路工地上。他们一路上顶风冒雪，不顾严寒，有时要住在山洞里，有时还要穿越峡谷溪涧。

有一天，气温突然下降，天空开始飘起了雪花，羊冻得咩咩直叫，这些苗族老乡也感觉又冷又饿，又困又乏，但他们想到许多工人和民兵正在深山雪地里施工，便顶着风雪，继续赶路。

这些苗族老乡经过 21 天的长途跋涉，穿越了 7 个县，行程近千里，终于一只不少地把肥羊送到了工地上，但他们却从原来的一个个壮汉变成了小瘦子。

贵州德江县农民陈天位，为了表达自己支援湘黔铁路建设的心情，他将自己家里唯一的一头 150 多公斤重的肥猪，冒雨赶了百余里，送给了筑路大军。

湖南黔阳县 60 多岁的姚兆秀老妈妈，当听到党中央决定修建湘黔铁路的号召后，激动得几个晚上都睡不好觉。

姚兆秀老人的独生子在抗美援朝战争中牺牲了。但姚兆秀说："我家没有儿子参加修铁路，但支援修路绝不能落在后面。"

姚兆秀在昏暗的油灯下熬了好几个晚上，为即将上路的民兵打了 30 多双草鞋，连同自己养的一头大肥猪、自己种的 150 多公斤蔬菜，都送给了筑路大军。

姚兆秀回到家里以后，觉得还没有尽到自己的心意，就又把一群小鸡拿到集市上换成了大鸡，加上女儿孝敬她的鸡和鸭，一并送给了筑路大军。

湘黔铁路边施工边勘测设计

中央下达了修建湘黔铁路的指示后，有关部门开始勘测设计工作。

其实，早在 1948 年，陈瘦骏在西南铁路设计分局、铁道部第二勘测设计院任工程师、地路总工程师等职时，就开始了对湘黔线的勘测设计工作。

李秉成工程师也是早期勘测设计湘黔铁路线的主要人员之一。

1939 年 3 月，祖国正遭日本侵略军蹂躏，李秉成毅然回国参加抗日，为祖国的铁路建设和抗日事业贡献自己的力量。

李秉成穿过沦陷区，越过封锁线，抵达湖南湘潭后，任湘黔铁路副工程师，但因战事失利，湘黔铁路建设计划搁浅。筑路队伍撤退到广西后，湘黔铁路改为黔桂铁路，他担任正工程师，准备进行黔桂铁路的建设。

由于重庆国民政府军队节节败退，湘黔铁路建设计划很快又成泡影。于是，他在 1940 年 1 月辞职北上来到地处陕南城固的西北工学院，任土木系教授，为国家培养抗战急需的工程建设人才。

1942 年，李秉成由于不能忘怀所钟爱的铁路建设事业，重返铁路战线。

1944年，湘黔铁路计划复路，李秉成出任湘黔铁路勘测队长，率领全队在崇山峻岭、人烟荒芜、土匪骚扰等恶劣条件下，完成了湖南境内约600公里的线路勘测。

李懋仁1958年至1961年任湘黔铁路桥梁勘测设计负责人。李懋仁的足迹踏遍大半个中国，风餐露宿，不畏艰险，为中国的铁路桥梁建设作出了重大贡献。

1970年8月，国家建委主持召开了"湘黔、枝柳铁路建设会议"，形成了"会议纪要"。国务院和广州、昆明军区组成"湘黔、枝柳铁路会战总指挥部"。

湘、桂、黔省区各自成立了铁路会战指挥部。

湘黔铁路金竹山至贵定段当年9月开工，仅湖南、贵州两省就动员了约80万民兵参加会战。

铁道部和有关铁路局共调集了9万多人的设计施工队伍，边设计边施工，抢时间，争速度。

二、 铁路施工与建设

● 周恩来作出批示：限期解决民兵铁道工的
困难。

● 师长对韩金堂说："要认真检查，民兵们不
懂不要怪他们，发现问题及时纠正。"

● 姑娘们一听就急了："谁说我们不行，妇女
能顶半边天，时代不同了，男女都一样，你
不准我们去，那挂起月亮也讲不拢！"

思南民兵初到湘黔大龙镇

1970 年 10 月，思南县 8000 名参加修建湘黔铁路的民兵中，除营、连干部外，全都是来自农村的青年男女。

他们中的绝大多数人是第一次走出生长的山沟沟，别说到跨越三四个县域、位于数百公里外的大龙镇，就连自家所在的区镇县城都没到过。

许多年轻人争着报名参加民兵团，有的家庭是父子、夫妻、兄弟、姐妹相伴而来。

除能吃饱饭外，每个月还有 36 元的工资。这个工资标准相当于机关股级干部的月薪。

刚开始施工不久，编制为第一民兵营的大河坝区民兵，营地在大龙小河的岸边，民兵们上工收工都要经过梯田之间的小路。

就在那条唯一的田间小路旁，安装着一台变压器，这台变压器并不是安在离地很高的水泥柱架上，而是就摆在地面的一个石头磴上。为了安全，四面用石块砌了一道齐胸的围墙，也许是为便于修理，围墙靠小路的一边留有一道可供一人进出的小口。

民兵们经过变压器时，都免不了对这件陌生之物打量打量，搞不清这是干什么用的。

70 年代初，思南县农村几乎是没有架电的，农民对电灯没有见过，曾闹出一个老汉第一次来城里的儿子家玩时，举着烟杆在电灯上点烟的笑话。

来自思南农村的修路民兵天天路过变压器，有个姓王的青年民兵总想弄清这是个什么玩意儿。

有天下午收工回营地，他和另一个姓周的民兵走在一起，到了变压器旁，小王问小周那个铁箱子是干什么用的。

稍稍年长的小周似乎听说过变压器的用途，随口告诉小王：这个东西是装电的，两头的铜嘴一个是连来电，一个是连去电，谁也不敢去碰它，听说碰了它会打死人的。

小王听了不屑地说："这个冰冷的铜嘴有什么可怕的，老子就敢摸它。"

小王边说边要伸手去摸变压器上的铜螺丝，临将摸到时又把手缩了回来，自言自语地说："哼，我先不用手摸，拿铁丝去试一下。"

说完，小王立即取下竹筐上的铁丝朝变压器上的铜螺丝戳过去。就在那一刹那，小王被高压电的强力吸了过去，没吭一声就趴在变压器上了。

小周一见大惊，忙奔过去拉小王的衣服，本想把小王拖回来，却顿时被附在小王衣服上的电力弹倒在水田中，许久才清醒过来。

后来当营部领导闻讯赶来时，小王已经没有了呼吸。

修建横跨两省近千公里的湘黔铁路，条件是非常艰苦的，因为当时国家财力不足，施工设备缺乏，人民生活贫困。

但按上面传达的指示，大三线建设迫在眉睫，因此必须急着修建这条既是战略路，又是幸福路的湘黔铁路。

当时传唱的《铁路修到苗家寨》的歌曲，全面表达了修建这条铁路的意义。国家财力不够没有关系，中国拥有最大的优势就是人多呀！

所以解决修路困难的唯一办法就是调集大量的人力，用肩挑背驮去劈山填谷，以血肉之躯去筑起路基。

思南民兵团开始时没有一台挖土机，没有一台压路机，不论石山土坡，全是用人力去死拼，最大的手段仅仅是使用炸药炸石头，而且连炸药都十分有限。凡是人力可及的都是民兵们用钢钎铁锤硬打，工地上日日夜夜都是钢花四溅，碎石飞舞，稍不留心就会碰伤眼睛和身体其他部位。

挖掘泥方也不是件容易的事，挖土坡还稍好一些，掏烂田淤泥却是太苦太脏太累了。大龙是块与湖南省交界的富庶之地，肥田沃土甚多，这便增加了掏挖泥方的难度。

民兵们在寒冬腊月的日子，或光着身子，或穿着单衣，在没过膝盖的水田中用竹箕挑着满满的淤泥，到很远的地方去倒掉。

思南县的筑路民兵，绝大多数都是分住在当地的农民家里，除团部占用了大龙小学的校园外，团部的文艺宣传队也借用了一家老百姓整整一栋木房,队员们住宿和排练节目都在这间房子里。

大龙的地方领导和广大群众为修建湘黔铁路作出了重大的牺牲,仅几千人铺床用的稻草,就使过冬的牛马饿了不少肚子。

其次,因为腾房让铺,更是给当地的农民家庭造成了住宿拥挤,带来了诸多的不便。

用当时的话说:"铁路民兵是毛主席、党中央派来为人民谋幸福的!"当地群众也像战争时期支援子弟兵一样地支持和热爱筑路民兵,而且随着日长月久,兵民之间的感情因熟悉而变得更加深厚,相互的往来多了,使离乡背井的干部民兵忘却了恋乡的苦恼。他们把大龙视为自己的家乡,把大龙人民视为自己的父老兄妹。

有的男女青年还在相知相识中建立了纯真的恋爱关系。

思南人在大龙生活的两年中,自然与当地人民产生了文化与风俗的交流。

大家每到一家做客,主人递上的不仅有一杯香茶,还会用一个小盏子装上一点饼干、瓜子、糖果等小吃,就像现在进店享用小吃一样。

端午节的粽子粑,大龙人要包进筛细过的糯谷草灰,除可以消食化嗝以外,还可让粽子粑长久保存。

思南人历来炒菜是用菜籽油,大龙人是用茶籽油,炒出的菜不但香味扑鼻而且不变色。这些带有玉屏侗族特色的风情已由铁路民兵们带到了乌江之畔的思南县，嫁接到了土家族文化风情的枝蔓上。

油库山是大龙镇南端的一座不大不小的荒山，除了石头就只长杂草，几乎没有一棵像样的树木。

由湘入黔的第一个火车站就设在这个石山中间。大家都想，可能是因为车站修在山的夹缝里，帝国主义的飞机不容易轰炸。

民兵们在没有任何机械施工的条件下，全凭人力用铁锤钢钎打炮眼，用炸药炸开岩石，然后用手推车和肩挑背驮把石头运出去，硬是从石山的中央劈出一片平地来建火车站。

二营当初上路的时候大约有700人，几乎全是农村中的年轻劳动力，全营民兵真可谓是如蛟龙腾云、猛虎出山，干劲冲天，豪情满怀，创造出修建湘黔铁路的一个奇迹。仅一次定向爆破就惊动了数万群众赶来观看。

当时，指挥部的领导也赶来坐镇指挥，大龙镇上的人都按命令撤离到数里之外。14时，一声撼山震地的闷响霎时将一座石头山撕裂成碎片。

思南民兵团因这次顺利进行的油库山爆破而名扬全线，团部的首长们十分满意。

大爆破后的石头仍然很大，还需要进行若干次人工小爆破进行分解。

一天下午，团部的人员正在吃下午饭，听见油库山方向传来一串爆破声，这种收工前的爆破声十分正常，谁也没有当回事。

可是当一串爆破声停止 10 来分钟后，又突然传来一声巨大的爆炸声，大家一下被震惊了，凭直觉这是一次发生哑炮后的突然起爆。

当大家还在猜测中没回过神来时，担任施工指挥的团参谋长周卓章猛地惊呼："大家快去油库山救人，一定出大事了！"

周参谋长一语点破了大家心中的疑虑，他们扔下碗筷朝油库山跑去。

大家到了工地一看，全都惊呆了，地上躺着好几个人，场面惨不忍睹。

大家泪流满面，有的还放声哭了起来，一个个在悲痛中不知所措。

久经沙场的老干部张义来副团长看到大家只顾悲伤，就发火了："都哭个啥呀，赶快动手，马上送去医院抢救！"

张副团长一串连骂带吼的号令，立即使大家抹掉眼泪行动起来，开始抢救伤者。

当天晚上，6 个牺牲的民兵便被连夜送回思南了。思南人民为了修建湘黔铁路实在付出了太多。

1970 年 10 月，铁五局二处二十六连职工从成昆线转战到湘黔铁路干坝段，担任湘黔铁路干坝一、二号隧道的施工任务。

职工们一到达工地，就听说干坝缺水。

干坝坐落在贵州高原的峰峦叠嶂中，因为地势高，一到冬天，干冷的西北风吹得地里泥块龟裂。夏天，骄阳似火，久旱无雨，东南风偶尔刮来几片云，也只能在干坝洒下几颗水滴。

因为干旱，这里经常是三年两不收。当地有一首民谣道出了干坝人缺水的辛酸：

干坝村寨少行人，十年九旱没收成，有女莫嫁干坝汉，要嫁水乡种田人。

筑路职工们来到干坝后，10多天没有洗过脸和脚，大家深深感到这里水的珍贵。

但是，干旱并没有使干坝人民屈服，他们在高山上凿洞打井，在悬崖上一辈辈地寻找地下水。

二十六连的领导思考着：水是干坝人民的命，他们生活需要水，我们施工也需要水，老乡们就只有这些井，能供得上吗？职工们把井水用了，老乡们吃水、种田浇地用水怎么办？

职工们也说："我们是来为人民造福的，宁可少吃水，不用水，也不能影响干坝人民用水！"

寒冬腊月，职工们顶风冒雪，利用手边仅有的锄头、钢钎，和当地民兵一起开始施工。

施工那样紧张，但职工们只在田边地角挖个坑，取一点点水食用。他们几个人共用一盆水洗脚，一杯水轮流着几个人喝。

破土开工的消息一传出，干坝的老乡们喜出望外，成群结队地来工地问候工人、民兵。

老乡们看到，工人端着一杯水互相推让，有的只喝了一口就传给别人，有的用舌头舔一舔干裂的嘴唇，就又抢起大锤投入了工作中。

老乡们知道铁路工人为什么不愿意多喝一滴水。他们是为了我们干坝人民的用水啊！

干坝生产队党支部书记金培人对社员们说："工人是我们的亲骨肉，他们是为我们修幸福路来的，我们宁可不吃水，也不能让工人缺水喝。"

金培人找了扁担、水桶，招呼村寨的乡亲们："工人们不挑我们的井水，我们给工人同志们送水去！"

老乡们一起喊着："对，送水去！"

金培人挑着满担的井水，老乡们有的从缸里倒出了水，有的在井里打了水，挑的挑，抬的抬，结成一队，向工地走去。

二十六连的职工们知道，这是干坝老乡的深情厚谊，但他们对老乡说："老乡们的心意我们收下，这水我们不能收！"

工人们辞去了干坝人民送来的井水，可干坝老乡又送来了热腾腾的开水。

为了感谢干坝人民的情意，大家派人到几公里外的山崖下去找水，他们爬高坡，下悬崖，在两公里远的山洞找到了一点泉水，然后又挑着找到的这点水，来到干坝村寨，倒在老乡们的水缸里。

金培人知道了工人们在为老乡们送水，便动员了村寨的人组织了一支义务劳动队，参加挖明槽的施工。

干坝二号隧道开工不久，有一天，洞内一阵炮响以后，突然涌出一股股银光闪闪的清泉。

人们喜气洋洋，大家奔走相告："隧道出水了！干坝二号隧道打出水来了！"

很快，隧道内就挤满了前来看水的人群。他们望着这清亮亮的泉水，仿佛眼前出现了滚滚的千重稻浪。

老年人布满皱纹的脸舒展了，青年人唱呀、跳呀，所有人都沉浸在巨大的欢乐之中。

有一位牙齿已经掉光了的老大爷，颤巍巍地弯下腰，他用布满老茧的手捧起泉水，担心地回过头来问筑路职工："同志呀，这水还堵不堵？"

筑路工人回答："不堵了！我们要留下这股泉水，让干坝的农田获丰收，叫干坝变成水坝。"

村民们都高兴地笑了。他们仿佛看到清亮亮的泉水流进了干裂的旱田里，也流进了他们的心田里。

筑路者知道，要把零星分散的地下水集中引出洞外浇灌农田，就必须改变设计方案。但筑路工期紧，任务艰巨，必将给工程施工带来很多困难。

指挥部决定，为了干坝人民的长远利益，他们一定要打好这一仗。

引水工程开始了，挖排水沟的时候，由于地下水量大，引起了塌方，急需木料支撑。

干坝村的老乡知道以后，他们主动把自己的材料送来了。一位村民把给儿子做新房的桷子板送来了。一位老大娘把百年的"风水树"砍了送来，她说："几百年的风水树也没得到一点水，砍掉它，支援铁路建设，引出地下水。"

筑路职工们接过老乡送来的木料，大家心情十分激动，干劲大增，加快了施工速度。

为了保证工程质量，又要把地下水导出洞外，职工们精心设计，隧道底部有水冒出来，他们就辟石开沟，沟下铺片石、卵石，用水泥抹面。这样在隧道底部就形成了无数暗沟，地下水通过这些暗沟，流入总排水管，然后流进排水沟。

就这样，地下水乖乖地沿着排水沟，源源不断地流出隧道，流进了干渴的农田里。

筑路职工还在紧张的施工中挤出时间，为干坝人民修了一条百余米长的水渠。

两条横穿路基的水沟和原有的小沟连接起来，将灌溉面积扩大了 500 多亩，使干坝地区有了初具规模的农田水利网。

这一年，干坝粮食总产量比头年增加了 3.5 万多公斤，水稻比往年增加了一倍，获得了空前的大丰收。

筑路队伍要走了，金培人说："希望把干坝二号隧道改名为'幸福'隧道，让这段工农深情，永远铭刻在人们的心中。"

可爱的中国老百姓！

军民携手打通湘黔东大门

1970年12月，隧道专业处的工人和韶山、宁乡的民兵团来到了雪峰山隧道。

雪峰山隧道是湘黔线湖南段最长的隧道，大家称它"东大门"。它坐落在湘西的崇山峻岭之中，早在1958年，铁道兵就在这里英勇战斗过，但后来因为压缩基建，才掘进了几百米就被迫封洞了。

大家来到这里的时候看到，原先掘进的隧道里面伸手不见五指，由于隧道出口是反坡道，十余年的停工，里面的水已经淹没了洞口，有人划着木筏进洞测量，发现水足有两米深。

隧道专业队刚刚劈开茫茫的大凉山，打通了成昆铁路最长的沙木拉打隧道。他们来到雪峰山后，因为当时没有抽水设备，营长宋有顺第一个跳进了冰凉的水中用脸盆向外舀水。

顿时，几百个脸盆、水桶结成了一条条长龙，积水哗啦啦地向山下的深谷中流去。

然后，大家筑一道堤堰，就排一段积水，一直奋战了十多个昼夜，终于把5000多吨积水都排干了。

12月25日，隧道正式开始掘进了。一时间，空压机的轰隆声和风枪的怒吼声响成一片。

当平行导坑刚过 4 号通道的时候，地质突然发生了变化，出现了极度风化的板状页岩，并夹杂着褐煤的断层。

大家的钢钎钻进去后就拔不出来了，如果再使劲向外拔的话，就会造成炮眼坍塌。

教导员张全生带领着老工人和技术人员到掌子面上调查研究，他们经过反复试验，采用浅眼多循环施工的方法，终于攻克了难关。

1971 年 4 月，雪峰山区阴云低垂，气压下降，再加上工程设计的多次更改，洞里面的双线地段竟然形成了两个"大肚子"，这就阻碍了空气的对流。

为了争取时间，吴文忠带领一队人总是在炮响之后正在通风排烟的时候就冲进洞里大干起来。

有一次，70 多个人都被炮烟熏倒了，昏迷过去。当大家被抢救过来之后，吴文忠第一句话就说："我要进洞！"

领导们强行劝他们，但他们仍然坚持着要进洞继续施工，甚至领导派人拖他们也拖不住。

这群人又冲进了导坑里，风枪又大声怒吼起来。炮烟熏得他们喉咙发痒，眼泪直流。吴文忠后来又连续被熏倒了 8 次，但每次被抬进卫生所救醒以后，舀一碗凉水往头上一浇，又冲进了掌子面。

4 月 21 日凌晨，随着一声炮响，两个口的工人民兵一齐冲进了滚滚的浓烟中，大家欢呼着奔向两个洞口的会师点。

这个断断续续打了 30 多年都没有打开的东大门，湘黔线的英雄们仅仅用了 8 个月时间就胜利贯通了。

1972 年春天，湖南农村每个生产队都选派一个青年农民或下乡知青，让他们以民兵的身份，参加修建湘黔铁路。

湖南民兵配合四川工人施工队，准备打通湖南第二大重点工程柳潭全长约 5 公里的隧道。工程指挥部是师级，施工人员 1 万多人。

开工两个多月后，中央代表团视察小组前来视察工程进展。

这天 7 时 45 分，四川工人与民兵头戴安全帽，在铁路隧道口排列成两行，夹道欢迎代表团。省地市领导与工程指挥部的领导干部陪同在一旁，还有一些警卫员胸挂冲锋枪随行保卫。

领头的中央首长微笑着健步走来，对大家说：

同志们辛苦了！

大家齐声回应：

为人民服务！

中央首长走到隧道口时，突然被几个四川工人拦住了。领头的工人用手指着民兵的脚，大声对首长说："请中央首长看一看，有的民兵脚上穿的是草鞋！自古以来，我们从来没有见过穿草鞋打铁路隧道！民兵的脚受伤了谁负责任？我们打风钻浑身是油污岩尘，下班后洗手连肥皂都没有！"

四川工人竟敢拦截中央首长！这个突发事件，让随行的一个老干部脸色惨白。

随行的警卫员顿时紧张起来，双手紧握冲锋枪，准备采取行动！气氛紧张异常。

而民兵中也有退伍军人，他们也怕发生意外。

不过当时工人们认为：大家信任中央领导，向中央首长讲真话有什么错？

那位中央首长始终微笑着，和蔼可亲，平心静气地倾听工人讲话，他的右手悄悄朝身后摇了几下。

警卫员们马上松开手中的冲锋枪，双手下垂，恢复了立正姿态。

中央首长一言不发，微笑着回头看，果真有几个民兵的脚上穿的是稻草鞋！

四川工人又大声讲了一遍，立刻自动让开隧道口，让中央首长一行人走进铁路隧道去视察了。

四川工人为了草鞋与肥皂拦截中央代表团，这件事惊动了周恩来，他很快作出了批示：

限期解决民兵铁道工的困难。

当时是工农商学兵约 100 万大军修建湘黔铁路，物资供应非常困难。工程队平均 30 多人才有一双塑料凉鞋的指标。

事后第五天，上级给民兵每人发了一双长筒雨靴或一双翻牛皮工作鞋，还补发了两个月用量的肥皂和备用雨衣。

大爆炸引起总指挥部重视

1970年11月20日，郎岱民兵团负责岩英站，包括宝老山站、谷陇站两个区间的铁路路基施工。

修文县民兵团配合铁二局十三工程处负责两个区间的桥梁、隧道的施工。

当时，郎岱民兵团有100多名上海知青，修文民兵团也有近百人的上海知青参加铁路会战。

大家刚到工地的当天晚上，住在用竹席子围起、没有屋顶的临时工棚里。工棚背靠小山，山上全是密密麻麻的松树。山下有一条小河，弯弯曲曲流向清水江，流入乌江，流入长江。远处是苗族同胞耕种的田野。遥望树林深处，隐约可见几户苗家的农舍。

第二天，民工们便动手砍树建工棚。山上的松树又粗又大，走在林间仿佛进入迷宫。

大家扛起砍下的树木，几个民工慢慢地抬回住地，自己建起工棚房架，四周竹席围起用钉子钉好，房顶盖一层竹席，然后再铺一层油毛毡。两天后新房就建成了。

工棚建完后，他们立即投入修筑通往铁路工地的简易公路中。

大家用的是锄头挖土，竹子做的筐子抬土。碰上石头就用钢钎大锤打炮眼，放上几管炸药进行爆破作业。

12 月中旬转入铁路路基施工，山区修铁路没有平坦的道路。湘黔铁路贵州段 60% 是桥梁和隧道，40% 就是开山填沟。

开山成为大拉槽，铁路路基在中间穿过。填山沟首先修建涵洞，铁路路基建成后，山间的雨水、洪水顺利从涵洞里排出。

贵州段有民工 30 多万，专业铁路工人 10 多万，蔬菜供应不上。人们天天吃南瓜和咸菜汤。每人每餐一小碗菜。

在铁路工地上，民兵连业余时间养猪、种菜。第二年开春，民兵连每月杀一头猪来改善生活；蔬菜供应自己也能解决一半，再加上郎岱县委每星期送一次蔬菜，基本满足需要。

1971 年 5 月，在青溪铁路民兵驻地上，苗家的安妹子正一边哼着"铁路修到苗家寨"，一边为民兵们做饭，淡蓝色的炊烟伴着甜美的歌声轻柔地飘向天空。

安妹子这时听到，从沟的那边传来了几响开山的炮声。

该到吃饭的时候了，安妹子准备点火炒菜。她一连划了十多根火柴，也没有点燃受潮的柴火，急得满工棚团团转。她慌忙之中提起身边的一小桶柴油浇在湿柴上。

但安妹子却没有想到，那里面盛的是汽油，这下，呼的一声，汽油猛地燃烧起来。一时间，火借风势，长长的火舌一下蹿上了油毛毡工棚。

安妹子更加慌张了，她赶紧将一盆洗菜水猛泼了上去，哪知道，汽油遇到了水，烧得更旺了。

正在工地上干活的工人、民兵们一见驻地着火，纷纷赶来扑火。

谁能想到，刚上路的民兵没有施工管理经验，缺乏必要的安全知识，他们将五箱烈性雷管连同几大箱炸药混放在工棚里了。

随着一声山崩地裂的巨响，火光顿时冲天而起。

事件发生后，一下子震撼了千里湘黔线甚至整个大三线，铁路会战总指挥部顿时醒悟过来：没有内行是修不好路的！

总指挥部迅速从各地调集一批老干部和知识分子，充实到工程中的各个环节。

总指挥部提出了"三依靠"的工作方针：坚持依靠专业队伍的施工经验，依靠地方政府和沿线人民的支持，依靠会战大军的艰苦奋斗。

这在当时，对避免工程指挥失误，保证工人人身安全和工程质量，提高全线竣工后的运营能力，都起到了很重要的作用。

铁一处修建的湘黔铁路东山坪隧道，是贵州段第二长隧道。这里山峦重叠，云遮雾绕，与谷蒙关并肩而立，就像一把大铁锁一样，把湘黔铁路西大门死死地锁住了。

在东山坪隧道出口340米的地段，是地质复杂的断层峡谷，谷底的沟河常年有潺潺的流水，而隧道却必须从河底穿过，从河底到隧道顶部的覆盖层有 7 米厚。

因此，这 340 米的地段被称为东山坪隧道的"盲肠"。

大家发现，这个地段渗水十分严重，每小时竟然达到 100 多吨，而且塌方也经常发生。

有一次，导坑顶部突然哗啦一声巨响，涌水夹带着河沙卵石一起冲下来，照明线路被打断了，木工组的人全被埋在了下面。

导坑里的人都在大声喊：

快！快！快堵住塌方！

导坑外面的人都在呼喊：

快！快！快抢救战友！

铁一处的连队干部和抢险小组来了，他们很快就把照明恢复了，大家争先恐后地将支撑木、草袋运到塌方的地段。

然而，塌方还在继续着，碎石夹在泥水里从顶部不断地坠落下来，顶部塌方距离河床仅有 1.8 米厚了，如果不赶紧堵住，天窗一开，河水漫进隧道，后果就不堪设想了。

铁一处十三连的工人们迎难而上，他们采用边开挖边支撑一口口吃掉断层的办法，一步步向前推进，及时治住了塌方。

　　在一次抢险中，班长周正富被塌方落下来的石头砸中了头部，当场晕了过去。

　　民兵排长崔庆刚曾经先后受伤 5 次，但他仍然不下火线。

　　就这样，大家夜以继日先后战胜了 13 次塌方，终于割掉了东山坪隧道这段盲肠，砸开了锁住湘黔铁路西大门的铁锁。

修建湘黔铁路箭杆河大桥

1970 年 10 月，刚刚完成成昆铁路修建任务的七一七队职工，接到上级的战斗命令，奔赴湘黔铁路会战，修建箭杆河大桥。

苗岭山区的 10 月，阴雨连绵，寒风凛冽。

一天下午，经过千里转战的七一七队赶到了大桥工地附近的岩下村，他们 3 块石头支了个锅，就算扎下了营盘。

为了及早摸清大桥工地的实际情况，迅速投入施工，第二天一大早，党支部书记陈爱增就同队长、领工员、技术人员和几个班长组成考察小组，冒雨顶风，脚踏泥泞，一口气奔向 5 公里以外的箭杆河大桥工地。

他们一步一滑地攀上了大桥一号台方向的山顶，看到眼前四处是荒山，两边都是悬崖，天空弥漫着烟云，只有一条箭杆河在峡谷奔流。

根据设计，大桥的两台要建在两面悬崖峭壁之上，两个桥墩要立在一道深涧急流之中。

而当时，大家一没有材料、机械工具，二没有电力，甚至就连住宿房屋也没有着落。看到这种情况，大家立刻意识到，实际中的困难要比想象中的大得多，也多得多。

党支部认真分析了面临的情况，陈爱增建议召开一次群众大会。

一些参加过抗美援朝的老工人，在会议现场讲述了他们在朝鲜战场上的情景，他们说："比困难，没有那时困难大，比条件，现在比那时条件好，我们没有理由打退堂鼓。"

大会开过之后，工班里连夜写保证书、请战书，纷纷向党支部表示决心。

工人们豪迈地写道：

> 艰难险阻算个啥，大喝一声踩脚下。
> 为了革命建高桥，满腔热血甘愿洒。

大家看到，从山顶驻地到沟底工地有 100 多米高，坡陡七八十度，而且杂草丛生，没有一条道路。

广大工人为了使大桥早日开工，他们不怕艰险，在悬崖峭壁上开了一条 300 多米长的"之"字形小路，坚持抢运施工物资。

二排承担了建桥的关键工程——最高的三号墩桥基的开挖任务。

可是刚刚挖下去几米，他们就遇到了大孤石，铁镐刨不动，撬棍撬不出，当时又没有风枪。大家决心用人工打眼，放炮炸掉这个大家伙。

挖炮眼的时候，铁青钢硬的岩石不一会儿就毁坏了几根钢钎，大家的手臂也被震得发麻，而石头上却只留下几个白坑坑。

但是大家并不气馁，钢钎坏了再修，人累了就换，几个小伙子光着膀子抢大锤，他们迅速突破了这道难关。

随着基础不断加深，涌水越来越大，长筒防水胶鞋已经起不到作用了。

大家为了不延误工期，在寒风飕飕、雪花飞舞的工地上，一个个冒着严寒毅然跳进了冰冷的水里，一面用水桶人工排水，一面坚持施工。

经过全排的顽强战斗，终于提前完成了挖基任务。

大桥全面开工以后，都匀民兵团、荔波民兵团一些连队的民兵相继投入施工，在大家的共同努力下，二、三号墩迅速抢出了水面。

当时，大桥两个墩需要采用一种新技术，即钢筋混凝土双圆薄壁空心墩。这种墩结构复杂，精度高，要求严，别说民兵们没有见过，就连建桥连队的七一七队也是初次遇到。

当时在 40 多平方米的墩顶上，有六七道工序同时作业，捣固棒马达的轰鸣，电焊枪刺眼的弧光，错落竖起的钢筋，再加上上上下下的混凝土吊斗，在这样复杂的工作面上，稍不留神就会发生危险。

而且当时正是春末夏初，天气恶劣多变，更给墩顶高空作业带来了困难。一会儿来一阵大雨，大家全身都被浇透了，而一转眼就是烈日当空，大家又被晒得汗流狭背。

就在这样的环境中，大家仍然干得热火朝天，他们说："挑在肩上的担子，再重也不能撂下，人民交给我们的任务，拼死也得完成。"

5月14日深夜，二排工人和几名女民兵，乘坐着吊篮刚刚上去三号墩，瓢泼大雨就劈头盖脸地浇了下来。50多米高的墩顶上没有一点遮挡，大家都被淋得浑身打战。

但他们一致表示，要与暴风雨搏斗，坚持继续施工。他们在大雨中连续工作了6个小时，创造了小班灌注混凝土1.7米的好成绩。

铁工班长张辛卯开过两次刀，身体不好，但在大桥工地上总是抢重活干，大家都心疼地劝他干点轻活，张辛卯却笑着说："我这身骨架还可以，建桥就和打仗一样，共产党员只能向前冲锋！"

铁工班人少活多，张辛卯总是活干不完不下班，他看到工地上电焊工不足，就白天干铁工活，晚上去顶班烧焊。

一天深夜，张辛卯刚刚上到几十米高的墩顶拿起焊枪，就一头昏倒在步行板上，大家赶紧围过去照顾他。

张辛卯醒过来后，对大家说"没啥"，就用手擦了一把汗，又忙着焊开了。

当大桥急需赶制6套新式木模的时候，张辛卯又和木工班的人一起日夜奋战，硬是冷煨加工了2500多公斤角铁，提前完成了任务。

大家都称赞张辛卯说："张师傅是铁打的英雄、钢铸的好汉！"

一次，二号墩灌注混凝土的施工正在细雨中紧张进行着，突然，提升活动脚手架的天线滑轮被卡住了。活动脚手架不能提升，桥墩混凝土就无法继续灌注。

大家都知道，要排除这个故障，就必须攀上 80 多米高的天线，这是一个需要胆大心细的工作。

吊装班的两个青年工人迅速跨进了提升吊篮，吊篮往空中升去。

当吊篮快要接近 80 米高的天线滑轮时，忽然一阵山风刮过来，把钢丝绳吹得嗡嗡直响。吊篮就像大海里的小船不停地摇摆起来。

卷扬机司机看到这种情况，立即踩住了刹车。

而两个青年工人却向卷扬机司机打手势，要吊篮继续提升，因为吊篮距离滑轮还比较远，必须探出半个身子才能够得着。

80 多米的高空，当时风大雨急，稍不注意就会有生命危险。他俩紧紧地抓住钢丝绳紧张作业，两个多小时过去了，他俩的衣服都被雨水湿透了，最后终于把天线滑轮修好了。

大桥破土动工以后，有一批施工机械需要迅速地安装投产，可是，工地上沟深坡陡，便道还没有修通，又加上阴雨连绵，满地泥泞，给机械定位安装带来了很大困难。

大家经过多次试验，老工人们运用物体运动都是相对的原理，大胆提出建议："埋设地垄，叫卷扬机自动上山。"

队领导表示支持这个建议，于是工人、民兵和技术人员一起动手，他们仅仅用了几个小时，5 吨大型卷扬机就顺着 40 多度的垄坡爬上了 100 多米的山顶。

大家根据这次成功尝试，又在很短的时间内顺利完成了搅拌机、碎石机等工程机械的安装。

随着工程的进展，大桥施工又急需架设一道 320 米的运料天线，但大家考虑到，由于两端高差有 37 米，按设计方案要在四号台方向立起一个高大的钢塔架，才能使天线水平。

大家一致认为：片面追求天线两端必须水平的做法，费工费料又费时间，不符合多快好省的方针。

他们和工程技术人员一起，经过现场调查，反复研究，利用自然高差，成功地用埋设串联地垄的土办法，高速度地架起了运料天线。

大家根据这次成功的尝试，又大搞土洋结合，全桥实现了 19 项革新项目，组成了以搅拌机为中心的轨道、索道、管道"三道"小型机具联运化，大大减轻了劳动强度。

大家将桥墩抢出水面以后，绑扎钢筋接灌墩身的任务就越来越重了。而当时钢筋工又相当缺乏。

周阿渭带领工人、民兵勇敢地挑起了这个重担。他们看不懂图纸，就先放大样，摆错了再摆，不断摸索。遇到问题，就到兄弟连队去请教、学习。钢筋切断机没有运到，他们就抢起大锤人工截，一共截断了500多根22毫米粗的螺纹钢。

　　由于周阿渭他们的精心操作，全桥共用钢筋138吨，绑扎交叉点20多万处，竟没有错下过一次料。

　　荔波民兵团三个连队担任四号台的施工任务，他们每天在路窄坡陡的羊肠小道上，头顶着烈日，冒着风雨挑运沙子。

　　他们肩负着百斤的重担，行走五六十里路，肩膀被压肿了，脚板被磨破了，但大家都毫无怨言。

　　就这样，他们整整坚持了一个多月，出色地完成了任务。

　　住在离工地5公里以外的人，为了腾出车辆给大桥运料，他们坚持步行上下班，不管白天黑夜，刮风下雨，都是准时接班，紧张施工。

　　大桥两墩灌注混凝土的时候，需要使用自动提升钢模板。

　　但当时没有钢模，如果到外地定制，不仅要花3万多元的加工费，而且还得等40天以后才能运到工地。

　　于是，机械厂机修车间承担了加工钢模的任务，他们没有厂房就露天干，没有卷板机就抢起大锤砸，没有氧气切割，炊事员、理发员、干部、家属一起参战用人工锯，没有图纸，技术人员就同工人一起商量，在短时间内就设计出了60多张图纸。

就这样，大家连续奋战了9天，终于赶制成功了一套由5000多个零件组成的重达13吨的钢模，使工期提前了20天。

在施工机械没有运到大桥工地上的时候，当地生产大队的老乡们就停下了自己的打米机，把发电机和柴油机都送到了工地上，支援大桥提前开工。

在抢建大桥的决战时刻，老乡们又积极为大桥挑沙运石。

73岁的蒙泽英大娘说："修湘黔铁路是大事，虽然说我年纪大了，也要为建桥出把力。"她带领全家三代人都参加了支援大桥的活动。

经过军民们的艰苦奋战，箭杆河大桥这座湘黔线上最高的铁路大桥，终于提前28天完成了主体工程。

修建湘黔铁路马拉山大桥

1970 年冬，七处二十连、荔波民兵团和瓮安民兵团十七连的指战员，来到良田公社马拉山上，修建湘黔线上最长的铁路大桥——马拉山大桥。

良田公社马拉大队的老乡们热情地接待了职工们，一位大爷拉着大家的手说："一听说要在马拉建大桥，就盼着你们快来，你们可来了！"

先头部队一住下来，就立即投入了抢修便道的施工。

当时工地上没有住处，吃的也很困难，大家有的住在当地老乡的屋檐下，有的在山坡上扎起帐篷，炊事员们凑个土坎挖个洞，就架锅做饭。

环境虽然艰苦，但大家的斗志却很旺盛，他们描绘工地的战斗生活说：

> 蓝天当做被，星星伴我眠。
>
> 雨来洗个澡，风吹当电扇。
>
> 修路为革命，虽苦心里甜。

大家不仅生活环境艰苦，而且没有机械，也缺乏工具，但他们都表示说："上级把抢修马拉山大桥的任务交给我们，这是对我们的信任，我们决不辜负上级对我们的信任，尽早完成抢修便道的任务，为提前建成大桥作出贡献。"

老乡们送来了斧头、锄头。机械进不来，大家就用双手挖，用脸盆端土、运石；没有炸药，大家就地取材，自己加工土炸药。就这样，他们很快就抢通了5公里长的便道，打开了大桥建设的大门。

大家明白，建设大桥的控制工程是十五号桥墩，它坐落在两山峡谷中的烂泥塘里，所以必须抢在雨季到来之前完成桥墩基础。

当时正是数九寒天，队部还没有领到水鞋和雨衣。瓮安民兵团十七连顶风冒雪来到了工地上，老指导员敖绍成指着面前的烂泥塘对大家说："同志们，我们是来自乌江两岸的民兵，为了提前抢通湘黔铁路，我们要发扬当年红军强渡乌江天险的革命精神，尽快地把基坑挖出来，大家有没有信心？"

大家异口同声回答："坚决完成任务！"大家脱去鞋袜，挽起裤腿，所有的人都下去了。

烂泥塘里冰锋尖利，水冷刺骨，但民兵们毫不畏惧。虽然大家的腿冻木了，手脚划破了，也没有人叫一声苦。

随着基坑不断向下延伸，坑里的地下水越来越多，施工更加困难了。没有抽水机，他们就肩并着肩，用水桶、脸盆往外排水，继续开挖基坑。

60岁的敖绍成一直坚持在烂泥塘里工作。大家都劝他休息一下，可敖绍成笑了一下说："我要和你们小伙子比高低哩！"

大家终于提前 12 天完成了开挖基坑的任务，为人桥建设夺得了第一个胜利。

但是，正当灌注桥墩急于用水的时候，水却偏偏不见了。整个大桥工地用水，大家不得不从 3.5 公里以外的箭杆河引水过来，但这穿山越岭的，需要大量的器材和抽水机。

七处二十连工人滕玉江想：如果能在附近的山头上找到水源，就可以为大桥建设赢得时间，而且也节约了一大笔资金。他把自己的想法告诉了排长。

于是，排长带领滕玉江和几个青年工人，爬了一山又一山，过了一沟又一沟，去寻找水源。

荆棘把大家的衣服划破了，手脚也被划出了血印。渴了，他们就喝口凉水，饿了就啃干馒头，但没有人叫一声苦。

他们在 3 天内踏遍了附近几十个山头，终于找到了水源。之后，他们用高压胶皮管把水引到工地，解决了工程用水。

七处二十连起重班工人和瓮安民兵团十七连一排民兵们架设桥中央山头上的塔架，它有 64 米高，由上千件杆件拼装而成，有的杆件重上百斤，而他们当时没有卷扬机。但大家表示："一定要把架设天线的塔架竖起来，为全面施工创造条件！"

在工棚里，老师傅贾言妞和大家一道围坐在电灯下，反复商量讨论起吊杆件的问题。

贾言妞满怀信心地对大家说："干！没有卷扬机，我们有两只手，肯定能把塔架安装好。"

大家把一个滑轮绑在逐渐升高的塔架上，系上绳子，用双手把杆件一根根拉上去。手磨破了，鲜血染红了绳子，染红了杆件，但大家仍然坚持施工，终于将塔架安装成功。

随后，七处十九、二十一、二十二、二十四连，瓮安民兵团七、八、三十三、三十四连等连队先后开进了大桥工地，大桥进入了全面施工阶段。

瓮安民兵团八连承担了开挖一号桥台基坑的任务。这个桥台坐落在一个陡坡上，基坑靠山一面的边坡有20来米高。由于地质条件差，加上雨季已经来到，基坑出现了3次大塌方，工程量从原来的1040立方米增加到4000多立方米。

面对困难，大家并没有被吓倒，他们说："为了早日抢通湘黔线，我们一定要战胜大塌方，天大的困难由我们来担。"

民兵们研究后认为塌方主要是由于连绵细雨，边坡上的漏水含水量过多而造成的。于是他们在工人的帮助下，把边坡上头由水池里流出来的水堵死，采取打歼灭战的办法突击开挖基坑。

在施工中，指导员黄洋富带病坚持参加作业，白天黑夜不下班指挥施工。

在他的带动下，民兵们不怕疲劳，连续作业，每小时推车往返的路程有 7 公里。许多人的脚跑肿了，破了，但仍然坚持工作。

就这样，大家终于提前 3 天完成了开挖桥台基坑的任务。

十三至二十号空心薄壁桥墩，随着施工的进展飞速上升，20 米、30 米、40 米……这时，领导为了照顾女民兵，决定不让她们上高墩作业。

女民兵们这下可急坏了，瓮安民兵团十七连副连长周建容代表全体女民兵向上级请战。请战的要求被批准以后，她们个个都高兴得不得了。

她们开始在几十米高的桥墩上工作，感觉就像腾云驾雾一样，眼发花，心里直扑腾。经过一段时间的实践，她们逐渐适应了高空作业。在工人们的帮助下，她们学会了扳丝杠、绑扎钢筋、铺灰浆、烧电焊等项技术。

战斗在十七号墩上的第三战斗组的工人、民兵们，头顶盛夏季节的高温酷暑，有时还要冒着电闪雷鸣和狂风急雨，但仍然越干越有劲。

老模范张辛卯虽然年高体弱，但仍然带领一批小青年为桥墩绑扎钢筋和电焊，大家发出口号："灌注多少，就绑扎和电焊多少！"

张辛卯有时在桥墩指挥作业，有时在下面帮助下料，他为能够参加大桥的建设而高兴。

张辛卯从零时班到 8 时班，再到 16 时的班，一天一夜不下工地。炊事员把饭送到工地上，张辛卯也没有工夫吃。他把两个馒头往衣袋里一揣，就又投入到施工中去了。

在工人、民兵们的共同努力下，22小时40分钟，十七号桥墩升高了14.68米，创造了全分指挥部空心薄壁墩的最高纪录。上级党委给他们发来了贺电。

施工正在紧张进行的时候，忽然，距离铁塔50米远的地方，天车出了故障，第二组的工程停顿了。

七处二十连党支部立即召开紧急会议，起重班的工人们提出："争取时间就是胜利，不要再等了，我们一定要上高空把天车修好！"

大家都争着上，刘应明和另外两个人推开大家说："这危险，让我们来！"

他们不容分说就爬上了铁塔顶部，系上安全绳，脚踩一根钢丝绳，手抓着一根钢丝绳，勇敢地向距离地面100多米高的天车走去。

看着他们向上爬，下边的工人、民兵十分担心，不停地嘱咐："刘师傅，小心呀！"

刘应明镇定从容，他们终于来到了天车旁。经过一场紧张惊险的战斗，终于修复了天车。天车开动了，整个大桥施工又重新开始了。

七处十九连架设东端8个天线，原计划要安装一座钢塔架，但由于当时工地上缺乏杆件，时间也很急，第一指挥部把问题交给广大工人、民兵讨论，发动大家出主意想办法。

大家经过察看地形，反复研究，决定利用山头，把塔架改为地垄。

而在山头埋设地垄，就需要把大量的沙石料和水泥从山脚运到山上。没有公路，工人、民兵就用肩膀挑，用双手抬。

连绵细雨中，山坡陡滑，大家运料上山，走一步要滑下来半步，十分困难。

这时，第二战斗组三个连队的全体指战员出动了，荔波民兵团七个连队的民兵支援来了，工人家属也来参战，在马拉山上组成了一股抢运沙石料的滚滚人流。

工人摔倒了，民兵扶起来；民兵滑倒了，工人在后面扶着；战士走累了，干部把担子夺过去。大家团结一致，互相帮助，经过 5 天奋战，地垄安装好了，为大桥建设争得了时间。

七处二十二连的工人和荔波民兵团三连四排的民兵们，长期战斗在采石场上，大家顶着烈日，冒着风雨，为大桥开采加工碎石。

老工人张顺在施工中不幸负伤，领导送他去医院。张顺牵挂着石场的工作，关心大桥的建设，伤还没好就跑回了工地，立即投入了紧张的施工中。

大家都劝张顺去休息，可他却说："同志们都在紧张战斗，我怎么能够休息？多一个人就多一份力量，抢来一分钟就多一分钟胜利。"

工地上的汽车驾驶员们，不分白天黑夜，不管山高路险，争分夺秒为大桥运输沙石料。

在大桥建设全面施工的高潮中，需要的沙石料大大增加。吴德印、韩德松、陈勉俊、张明岐白天不休息，晚上少睡觉，在吃饭上挤时间，拉碎石由每天跑 7 趟到跑 20 趟，拉沙子由每天跑 2 趟到跑四五趟，为大桥建设当好"先行官"。

景阳公社的 40 名社员在景阳沙场为大桥开采沙子。有一次，徐大爷看到正要装车的沙子里掺有一些泥，他就对大家说："我们支援大桥的不光是沙子，而是对祖国铁路的一片心，拿这样的沙子出去，我们心不安呀！"

大家也都说："对！不能让这样的沙子装车。"

于是，大家把掺有泥的沙子推去倒了，重新挖来好沙子装上了汽车。

勇闯阎王滩打通白云山

1970 年初冬，铁五局二处八连在水龙棒建点的时候，在没有便道、运输十分困难的情况下，大家决定闯过阎王滩，打开水上运输通道。

阎王滩地处清水江上游，在巍峨的苗岭与云雾山相交的断层裂谷之中。大家看到，这里礁石丛生，犬牙交错，陡峭得如同刀削般的青石岩伸到急流之中，奔腾的急流忽然遇到河中的巨大礁石的阻挡，便发出闷雷一般的怒吼声。

急流过了礁石之后，就会一个急转弯，从狭窄的河床上呼啸而过，一泻千里，流入水龙棒。

连副指导员何德金带头成立了以党团员为主的闯滩队。

大家在月亮和星星还没有隐去的清晨就开始动身了，他们带着锯斧，翻过几座大山，来到山头材料堆积点，借着微弱的月光，扎好了木筏。

这时，天刚泛出鱼肚白，何德金和闯滩队员们站在木筏上，精神抖擞，用竹篙调整着方向，沿江而下。

过了一会儿，东方万道金光驱散了笼罩在清水江上的晨雾，照射在用几根圆木捆扎的木筏上。

大家感到，木筏在湍急的清水江里显得有些孤单。

铁路施工与建设

筏子来到了阎王滩，大家都高度紧张起来。果然，一到这里，水流加快了，木筏左右直打晃。

阎王滩卷起滔天的大浪，形成了一个个大大的漩涡，好像要将木筏吞进它的肚子里去，并将所有人都沉入水底。

站在筏头上的何德金对大家大声喊着："注意，阎王滩到了，大家都沉住气，撑住岩石，努力冲过去！"

大家都咬紧了牙关，一齐用力将竹篙顶住岩石，只听"哗"的一声，木筏从狭窄的河床上硬挤了过去。

但是，由于大家用力过猛，木筏却撞在另一边的暗礁上，一下子翻了过来，闯滩队的人都滚进了滔滔的江水中。

幸好闯滩队挑选的都是生长在河边的游泳高手，虽然闯滩失败了，但他们都安全游到了岸边。

大家从水中爬到岸上，在河滩上燃起了火堆，一边烤衣服，一边商量办法。

大家并没有被失败吓倒，他们表示：木筏散了，可以捆好重来，如果再落入水中，就重新再来。

经过大家一次又一次的闯滩实践，终于战胜了这个"十船经过九船翻"的阎王滩。他们终于在阎王滩上开辟了一条水上航道。

一排排木筏，满载着施工物资，从阎王滩鱼贯而过，运往水龙棒。

工人们再用肩挑背扛，凭着两只铁脚板，一副铁肩膀，硬是将几百吨物资搬到了施工现场。

铁十处的工人们和凤岗、道真民兵团为修建湘黔铁路来到了白云山。

白云山东临悬崖峭壁的猫猫沟，西靠波涛汹涌的舞阳河，地势非常险峻。

当地民谣唱道：攀上白云山，腰缠白云手摸天，只见白云不见水，悬崖峭壁少人烟。

他们一到白云山，就受到了缺乏饮用水的困扰。因为这里虽然有大河，但水井特别少，大军驻在山顶，通往江边又没有路。

正当筑路大军发愁没水喝的时候，一个苗族老大爷带着一群老乡送来了一罐罐清泉水。

工人和民兵们对老乡说："你们的水井小，水本来就不够用，留给自已喝吧。"

可老乡们坚持说："你们是毛主席派来为苗家修幸福路的，如果没有水喝，哪还能干活？不行，那坚决要不得。"

水越来越少了，已经远远供不上筑路大军的饮用了。十处六连的职工主动把伙房搬到了山下的舞阳河边上，这样用水方便了些。

但是这样一来，工人们一日三餐都要上下山 6 次，每顿饭都要走 3 公里的山路。

十二连的指导员决定带领职工去寻找水源。他们满山去找，双脚都被荆棘刺破了，两只手也都被石头擦伤了。

当大家爬到观音岩下面的时候，突然有人发出一声欢呼："看！水，泉水！"

大家赶紧过去一看，果然，有一股又大又亮的清泉水，从观音岩的缝隙中汩汩地涌出来，又流到了旁边的一个涧穴里。

大家一时都高兴得像孩子一样，他们跳跃着向泉水冲过去。大家都想伏下身来痛饮一顿。

但就在这时，大家突然听到身后传来一声断喝："不能喝，那是毒水！"

大家回头一看，那个曾经给他们送过水的苗族老大爷飞奔而来，他跑到跟前，脸上带着担忧说："这股泉水来去无踪，人吃了要死，牲畜喝了要亡，多少年来从没有人敢喝。"

接着，老大爷又神秘地告诉大家：要是谁家里撞上山妖水怪，舀上这里的泉水，半夜泼在门前面，就一定能消灾除难。

大家当时都已经渴得很厉害了，但老大爷已经这么说了，谁也不能认定这到底是毒水还是神水。不管怎样，筑路指挥部有铁的纪律，一定要尊重少数民族的风俗习惯，大家强忍着干渴，只好回去了。

水的问题就这样勉强维持着，这时，上级突然传达下指示：立即打洞，以便配合正洞进出两个口四面快速掘进。

一连连长黎顺泰毫不犹豫，他立即和张志青、张宗福两名共产党员组成探险队，划着木筏在舞阳河上顶风冒雨寻找横洞的位置。

舞阳河在白云山脚下奔流着，大家站在木筏上，抬头只能看见横洞的方向，但看不到横洞的高度，为了探测清楚横洞的高度，必须攀上悬崖实地测量。

探险队早已经从山上顺下了几根粗绳，张志青和张宗福敏捷地顺着粗绳向悬崖上攀登。

他们两人艰难地向上爬着，10米、50米、100米……

张志青回过头来向下张望，只见脚下舞阳河奔腾湍急，河两岸的山峰倒映在水中不停地晃动着，整个白云山都好像在晃动一样。

张志青再抬起头向上看，只见高大的山峰就像要反罩过来，巨齿一样的怪石就要猛地向他砸过来一样，他不由得打了个寒战。

但当时他们离横洞的水平线还有25米，这时岩壁突然深深地凹了进去，脚没有地方蹬，胳膊也没有地方可以依靠，双手也没有地方可以抓。

两个人都紧紧地抓住粗绳不敢松手，因为他们知道，这个高度只要掉下去，一定会摔得粉身碎骨。

黎顺泰站在木筏上仰脸看着张志青和张宗福，他不由得惊出了一身的冷汗。25米，如果在平地上，仅仅只够铺一根钢轨的，但在这陡峭笔直的山崖上，每上升一厘米都是严峻的考验。

张志青和张宗福咬牙坚持着，他们终于一点一点地攀到了洞口，实地测量了横洞的水平线。

过后，张志青又和另一个共产党员王友明一起，用粗大的安全绳拴住身子，从山顶顺着陡岩，就像荡秋千一样下到了 30 多米，在横洞上打眼放炮。

陡壁上传来他们清脆的锤击声，等他们把炮眼打好，安装好炸药，随着隆隆的开山排炮声，终于横洞口轰开了，为隧道全面掘进赢得了时间。

1971 年 4 月，天晴少雨，春暖花开，这正是施工的黄金季节。

这时，从白云山隧道突然传来让人震惊的消息：隧道大溶洞遇见了罕见的岩爆，数名工人、民兵被岩爆击伤，施工受阻。

隧道施工的人都知道，岩爆是岩石的自然爆炸，但在施工中极少遇到这种现象。

专家说，岩爆有的时候像小炮弹响，爆裂的声音很大，随即就会有烟一样的粉末喷射而出。而有的时候，它又像单个的雷管燃爆，爆裂的声音小但炸出的石块却大，而且要经过一段时间才会从母岩里弹射出来。

他们还说：随着这些声响，大小不一的岩石就会迸向四面八方，由于岩爆发生前并没有明显的征兆，大家都不知道什么时候会发生，的确令人防不胜防。

岩爆发生以后，铁十处三营副营长贺泽荣迅速赶到了现场，他是一名老隧道工了，已经和大山打了 20 多年的交道，对于流沙、塌方、涌水，贺泽荣都有一套完整的治理经验。

但贺泽荣面对这样的岩爆险情，一时也拿不出更好的主意。最后贺泽荣决定召开会议，让大家集思广益想办法。

有工人说："不入虎穴，焉得虎子，要制服岩爆，首先要接近它，掌握它的爆炸规律。"

贺泽荣根据大家的意见，组成了由工人、干部和工程技术人员参加的"制服岩爆战斗组"。

最后，治爆小组又研究出了"台棚护顶"的措施，终于制服了岩爆。

岩爆区过去以后，导坑迅速地向前推进，连续 4 个月创造了双口双百米成洞的好成绩，提前打通了这座地质复杂的白云山隧道。

铁路施工与建设

民兵赶赴长坪修建铁路

1970年秋末，中央号召加强三线建设，抢修湘黔铁路，备战备荒为人民。大家都积极报名参加百万大军会战湘黔。

筑路队伍按半军事化要求，实行军、师、团、营、连、排、班建制，务川民兵团第四营第二连由当时的茅天公社、新农公社300余人组建为一个连，张德胜为指导员、董永刚为连长。

出发时，当地就像送新战士入伍一样，生产队、大队、公社组织群众敲锣打鼓，燃放鞭炮，举行隆重欢送仪式，少先队员还为每位筑路民兵系上大红花。

这时有父母送子女的，有哥哥姐姐送弟弟妹妹的，有妻子送丈夫的，嘱咐、祝福、欢笑、泪水融合在一起，难舍难分。

在公社数千人欢送大会上，民兵代表在大会上发言，他以洪亮的嗓音，向公社党委保证，立下了"奔赴湘黔，搞好建设，滚上一身泥，磨破三层皮，铁路不通不回家"的誓言。

由于交通闭塞，从公社到区未通公路，300余人的队伍要徒步40余公里到濯水区公所。

连长宣布整装出发，大家按连、排、班序列，扛着红旗，个个背着整齐的背包，像当年红军二万五千里长征一样，行走在那弯弯曲曲的小道卜。

大家劳累的时候，就大声地唱革命歌曲，当行至平路时，还喊着"一、二、三、四"的口令，队伍整齐，精神抖擞。

清晨出发，17时才到达区里，连夜整编成营。那时区里到县城的路不好走，没有通班车，就连货车也很少，从区到县只好徒步行军，整整两天才抵达县城。

在县城整编成团后，分批乘敞篷汽车途经凤岗、余庆、施秉、镇远、蕉溪，整整乘了两天汽车，大家个个都成了灰人。

汽车只能送达蕉溪，到长坪还得顺舞阳河上行10多公里，途经大王滩、杉树棚、杉木滩、孟溪才能到达长坪。

苗家人民非常高兴，热情好客的特点处处体现，特别是这里的大哥大嫂们给大伙烧热水洗脸洗脚，安置地方，收拾东西十分周到，就像革命战争时期，老百姓欢迎解放军一样。

大家也感到这里的人民是那么厚道，那么淳朴，那么勤劳。

虽然他们不是正规的军队，只是以军队为建制的民兵筑路大军，但纪律十分严格，以这里的人民为衣食父母，与这里的人民相依为命，鱼水相亲。

筑路大军尊重苗寨的风俗习惯，不拿群众一针一钱，帮助群众担水干活，互敬互帮，处处都拿"三大纪律、八项注意"加以对照。这是民兵师、团、营、连对大家的纪律要求。

虽然是修路，但学习气氛十分浓厚。从团到班到处都是朗朗的读书声，处处飞扬着《东方红》、《毛主席的战士最听党的话》、《红星照我去战斗》、《三大纪律八项注意》等高昂而又洪亮的歌声。

务川民兵团一万多人，紧靠他们的是绥阳县民兵团，从蕉溪到五定堡、杉树棚、大王滩、长坪、刘家村、谢家寨、白沙坡，这段长达30余公里的舞阳河岸，布下了几万人的筑路大军。

几天工夫，舞阳河岸处处红旗招展，歌声飞扬。杨江山上处处都用石灰制成了很醒目的大幅标语：

工业学大庆，抢修战备路，备战备荒为人民，搞好"三线"建设，奋战湘黔铁路。

这里处处摆下战斗的阵营。开始几个月，二连驻扎在长坪，后来根据工程需要到杨江山上开砌石头。全连跨越舞阳河，搬到了万家庄，驻扎在李家、唐家、杨家院子，指导员住在一个小山头上搭建的工棚里，与全连居住的万家庄遥相呼应，四周都是树林，风景十分优美。

那天，团部召开动员大会，杉树棚下的大王沙滩上红旗招展，彩旗飘扬，歌声嘹亮。

一连接着一连，整齐的民兵队伍步入会场，会议开始之前，一位军人指挥官指挥大家高唱着革命歌曲，一个营一个营拉歌比赛，指挥官边指挥边鼓动："一营唱得好不好？"全场应答："好！""再来一首要不要？""要！""欢迎四营来一首，好不好？""好！"气氛十分活跃。

大会由副团长展明光主持，团长韩金堂作动员报告。

韩金堂是一位军人，北方人，个子很高，当时是务川县武装部的副部长。

在报告讲话中，韩金堂说："我们民兵团就是要像军队一样整齐！""修路就要像打仗一样战斗。"

政委陈全光讲话，他也是一位军人。接着各营、连递交保证书，会议气氛十分振奋。

战前动员后，千层岩上，舞阳河畔，炮声隆隆，一个震动山谷的战斗打响了。

从杉木滩、长坪到千层岩近3公里长的地段就是大家奋战湘黔铁路的施工阵地。

有大拉槽、有涵洞、有大填方、有大挡墙、有土石方，按连按排划分任务。

那时候，没有挖掘机，没有推土机，全靠打人海战术，土法上马，自做的木斗胶轮车、钢钎、二锤、锄头、十字镐、翻斗车等就是修筑铁路的主要工具。

就凭着人们一锄一锄挖，一兜一兜提，一车一车推，一笺一笺扛，一碾石头一碾石头抬。大家腰扛酸了，腿跑疼了，脚起泡了，手起茧了，皮磨破了，流出了血，累出了汗，但仍奋不顾身，没有人叫一声累，没有人叫一声苦。

施工阵地上，挖泥、推车、抬石、打夯，那铿锵有力的"摇扇打把伞，花扇子挠两挠，嗨呀咋啊"和"哟啊咋啊，桃花点点红，嗨呀哟啊咋喂"等劳动号子，震入云霄，整个场面一片欢腾。

为了抢时间争进度，不少民兵争当无名英雄，除白天劳动，晚上还要偷偷摸摸上工地打夜战，从少到多，从小变大，逐步形成整班、整排地干，你追我赶，争分夺秒。夜间的灯光下，施工阵地上人车川流不息。

这次行动最初由二连三排发起，后来在全连、全营、全团推开，发起人田应光、覃文钊等人受到了连、营、团表彰奖励，作为战地英雄成为全团学习模范。

那时，总指挥部和师、团、营领导经常深入工地检查，一旦有差错，就要受到严厉的批评，甚至处分。

遵义民兵师师部在镇远县城，师长姓王，人们称他"王三号"，因为当时他属遵义军分区的三号首长。

一次，王师长到二连检查工作，他发现挡墙内的回填方靠墙体处未填石方，全是土方。王师长暴跳如雷，把董连长狠狠地批评了一顿。

王师长问大家："你们团长来过吗？"

大家说："来过，刚才还在这里，现在在前面不远的工地上。"

师长命令民兵："去把他喊来！"

排长周正乾跑去把韩金堂喊了回来。师长就一句话："你给我站着。"

随即王师长和一同检查工作的领导就走了。韩金堂在酷烈的太阳下站着不动，民兵们叫他到阴凉的地方休息，韩金堂也不敢动一步。

在大家的劝说下，韩金堂只好和民兵一起劳动。排长派人放哨，一旦师长转回来了，立即报告。

整整5个小时过去了，18时，师长从工地上回来了，放哨的人立即报告。

韩金堂立马规规矩矩站在原地一点也不敢动。

王师长瞪了团长两眼，说："今天就是要叫你知道施工不认真的严重性。"

民兵们说："师长，团长一直站在这里。"

过了一会儿，师长又和蔼地对韩金堂说："要认真检查，民兵们不懂不要怪他们，发现问题及时纠正。"

韩金堂回答："请师长指示。"

师长说："组织全连把土方挖起来，重新填上石块，5天后我再来检查。"

韩金堂高声回答："是!"

师长走后，韩金堂立即召集连长、指导员、排长认真部署，重新返工。

韩金堂厉声说："5天完不成，我拿你们是问!"

全连立即早出晚归，加班加点，奋战了五天五夜，全部完成了任务。

这天，韩金堂一早来到工地认真检查，迎接师长的到来。

13时，师长乘吉普车来到长坪，他爬上工地，看见全连民兵都等候在那里。

当师长走进工地时，全场响起了热烈的掌声，欢迎师长的检查。

检查合格后，师长和团长、指导员、连长、排长一一握手，脸上露出了满意的笑容，还向大家问好。

打通湘黔铁路最长隧道

1971 年 6 月，铁七处和贵定、独立民兵团的工人们正战斗在湘黔铁路最长的隧道——新牌隧道上。

6 月下旬的一个夜晚，老鸭山区突然狂风怒号，飞沙走石，碗口粗的树枝都被大风拦腰刮断了，甚至有些水桶粗的大树都被连根拔起。

大家向窗外一看，黑色厚重的乌云压得人气都喘不过来。一道道巨大的闪电又把乌云中厚厚的帷幕撕裂，从裂口中向老鸭山泻下了百年不遇的倾盆大雨。

与此同时，惊雷伴着暴雨，炸掉了由树木、草根紧固的地表层，滚滚的山洪从山顶奔涌而下。

大家都被这从未见过的大自然的疯狂暴力惊呆了。他们看着工棚被风刮得七零八落，被子和衣服被雨浇得透湿，而从住地到工地的小路更是被山洪冲得无影无踪。

大雨在隧道外面不停地下着，而隧道里面也积满了水，雨水透过浅埋的地表淤泥层直向隧道内倾泻下来。

6 月 28 日凌晨，出口 4 号通道一排炮又炸出一股水桶粗的地下水，顿时就像水库开了闸门一样，大水滚滚而来，在导坑里横冲直撞。

张志鸿面对险情，立即把大家召集起来，他说："大家不要慌，听我指挥，抽水机一分钟也不能停，我们要坚持到最后！"

水在一毫米一毫米地往上涨，张志鸿沉着地指挥大家用枕木板垫高抽水机，特别嘱咐电工小张，把抽水机底的螺丝卸下来，以便随时转移。

大家又拖来两个小土斗车，把变压器、风钻都装入斗车，以防万一。

大家都围在抽水机旁边，站在齐腰深的水里，压住不断上涨的水位。

在平导施工的工人、民兵们也和他们一样，与涌水搏斗直到天亮。

这时，出口处的涌水量每小时高达1300多吨，水位以每小时1厘米的速度往上涨，比导坑低5米的掌子面也积满了水，洞内的积水达万吨左右。

全隧道每昼夜涌水量3万吨，600多米长的导坑以及平行导坑一下子变成了汹涌的地下河流，水深大约可达人的腰部。

铁七处、民兵团、营党委连夜召开紧急会议，大家立即作出了战水的部署。省指挥部、局湘黔铁路指挥部、都匀分指挥部的负责人和七处军管会的领导同志们都迅速赶到现场指挥战斗。

经过反复进行政治动员，大家纷纷表示："为了提前抢通战备路，就是用双手，也要舀尽阴河水，龙潭虎穴也敢闯！"

一支支战水突击队飞快地冲进水区，打捞机械，安装抽水机，抢接排水管。

老工人杨广智带领抢险小组乘着木筏进入洞内探测观察。大家越往里划，水位就越高。通过排架地段的时候，大家都要把头低下来才行。再往前行，大家只好仰卧在木筏上，双手抠着坎坷的洞顶石面缓缓前行。

探险小组共有 10 多个人，加起来有上千斤重，把木筏压入水中一部分，大家的半个身子都浸泡在水里。

青年钟大华冷得下牙不住地敲打着上牙，他看着杨广智两手费力地抠着石缝，关切地问："排长，你拖着两条关节炎的腿受得了吗？"

杨广智笑笑说："受得了，当年红军长征过贵州，在敌人的炮火下强渡乌江天险，比我们困难得多！"

就这样，他们划到了一台抽水机被淹没的地方。大家一起商量，认为用木筏浮吊机体比较好。

方案一定，青年工人邓风鸣一边说"我先下"，一边拉起绳子跳下水去。

可是，因为浮力过大，邓风鸣连着潜入水中两次都没解决问题。

从小就懂水性的钟大华咬着牙说："我就不信制服不了它！"不等杨广智批准，他就"咚"的一声扑入水中。

杨广智急中生智，他顺手把一根木棍插下水去，钟大华顺着木棍潜下去捆住抽水机，终于把机体浮了起来。

大家兴奋地说："到底把这家伙请上来了！"

铁二营教导员杨孝义挽着高高的裤管，在工地上一边同战士们交谈，一边思索着新的战斗方案。

这时，突然有一个小伙子走过来对杨孝义说："教导员，下一步我们就要改线了吧？"

杨孝义听了这话，立即想到可以利用这次机会做艰苦细致的政治思想工作。他立即坚定地对小伙子说：

"小伙子，早日让幸福的列车通过新牌隧道，是我们的奋斗目标，怎么能轻易地就改变呢？眼下是与洪水搏斗，是知难而进，我们决不能让涌水吓住，别说是遇到了地下涌水，就是摸到龙王的鼻子，我们也要把它牵出来！"

小伙子听了杨孝义的话，干干脆脆地说："放心吧，教导员，冷风吹不动，困难脚下踩，工人、民兵都是钢铁汉子，风口浪尖我们也要闯过去！"

铁路建设史上罕见的特大地下涌水一下子惊动了整个湘黔线。

电传讯号迅速将险情传到了湘黔会战总指挥部，传到了北京铁道部。

多少领导和专家都在积极奔走，多少汽车在南北飞驰。

两台高扬程抽水机从贵州乌江水电站连夜冒雨运到了新牌隧道工地。铁五局五处、桥工队送来了新水泵。

铁二处职工放下刚刚端上的饭碗，立即打开库房拿出10台抽水机，顶着大雨装上汽车，急速运往新牌。

3天之内，运到新牌工地的大大小小的抽水机共达

47 台。

这时，新牌隧道早已经成了名副其实的水帘洞，人家脚下是汹涌奔腾的洪水，头顶上渗水不停地往下滴，就像隧道内垂挂着珍珠帘子。

突击队组装了 5 组活动抽水机群，分别把 15 台抽水机装配在 5 台斗车上，每台斗车配有电工、钳工等 5 个战斗员，随时应付可能发生的情况。

25 名突击队员推着斗车，组成了一支"特别舰队"，破水前进，边走边抽水，使水位不断下降。

杨玉虎站在齐胸深的水中，带着战友们抢装了 9 条管道。这 9 条排水管道重叠起来高达 2 米，排列在导坑的一侧，总长度达到 4500 米。

随着水位的下降、水域的缩短，抽水机要不断地向前移动，每次移动都要迅速在水中拆装，尽量减少抽水机的停机时间。而风管、水管有 10 多条，必须找准接准，丝毫不能马虎。

杨玉虎握着拳头，向大家说："我们工人、民兵要向《英雄儿女》中的王成学习，干革命就要像条龙，不能像条虫，战胜涌水，早日复工！"

突击队员们一天 10 多个小时没有休息，他们把抽水机向导坑的深处挪动了 5 次，安装抽水机 40 多台，建立了 3 个扬水站，9 条排水管路重叠排列于导坑一侧，总长度达 4500 多米。

特别是杨玉虎，他由于寒水浸泡，早年因公致伤的

铁路施工与建设

左腿更加疼痛，但他仍然咬牙坚持着。他跑在最前面，拉起扬水管带头入水，中间3个人推着抽水机跟在杨玉虎的后面，电工拉着电线在最后。

突然，杨玉虎感到一阵头晕眼花，接着一个趔趄斜靠在了一根钢管上。

大家一看都急了，纷纷喊着他的名字："杨玉虎！""杨玉虎！"只见杨玉虎脸色苍白，已经昏迷了过去，他受过伤的腿也失去了知觉，大家赶紧派人把杨玉虎背到了洞外面。

打过强心针以后，杨玉虎从昏迷中慢慢地醒过来。他看到站在床边四周的领导、医生、战友都在注视着他，再瞧瞧桌上放着姜汤、白酒、面条。杨玉虎这个平时非常倔强的老工人，现在却热泪盈眶。

杨玉虎不顾大家的劝阻，翻身下床，奔向二号斜井的排水战场。

突击队在向前挺进，抽水机在大声怒吼，洞里的涌水、积水通过9条排水管道哗哗地往外流走了。

经过几昼夜的连续奋战，涌水终于被治住了。

刚刚战胜了涌水的灾害，他们又遇到了流沙。3200多立方米的流沙就像瀑布一样从洞顶倾泻而下，把隧道都堵塞了。

大家紧急召开会议，最后建议进行调查研究，摸清导坑顶上的险情，然后好对症下药。

七处领导支持了他们的建议。

第二天，铁八连连长裴秀忠、副连长张维勤和民兵六连副连长饶光荣带领大家首先把导坑顶部挑开了一个80厘米见方的小洞。

大家看到，上面是漆黑一片，五节电池的电筒都照不到顶，人如果从这个通天洞进去，危险极大。

在场的工人、民兵纷纷要求自己去探险，这时，女民兵小冯、小白动作迅速，已经爬上了梯子。

张维勤眼明手快，他一下子把她们拉住，然后说："要上'通天洞'探险，我比你们更合适。"接着就敏捷地钻了进去。

大家都目不转睛地看着洞口，个个拳头捏得紧紧的，焦急地等待着。

不一会儿，张维勤顺利地下来了，大家悬着的心才放下来，忙问他："情况怎么样?"

张维勤笑着说："嘿！这回咱们打出个'俱乐部'，里边挺大，当篮球场都没问题。长有20多米，宽七八米，高10多米，需要咱们认真对付对付哩。"

张维勤刚说完，大家议论开了，有的说："看准了目标，摸着了底，就不怕没有办法对付！"有的说："甭说塌下来个'俱乐部'，就是天塌下来也擎得起，马上动手干吧！"

几个干部说："干是一定要干的，但不能蛮干，我们回去先开个会，商量一下再说。"

大家经过一再酝酿，终于制订出了根治塌方流沙的方案，以老工人为骨干的突击队也成立了。

战塌方斗争打响了，张维勤带着突击队员们敏捷地从通天洞爬了进去，另一支运输突击队依次排在小口下边迅速地向里面传送工具和圆木。

大洞里，不时由于水搅着沙石而出现小塌方，而且里面空气稀薄，热得像个大蒸笼一样。

里面除了"快"、"来扒钉"、"上圆木"的喊声，就是砸扒钉的"啪啪"声。

大家正干得紧张的时候，突然，一块沙石塌了下来，把工人阎兴良一下子砸倒了。大家赶忙把阎兴良扶起来，张维勤站在排架上命令："快！先把老阎背下去！"

阎兴良立即挺起身子大声说："张副连长，我没有受伤，不需要下战场！"大家又仔细观察了阎兴良一会儿，发现他确实没有受伤，这才放心依了他。

排架搭到了第四层，大家正准备上第五层的时候，大洞上边却又塌下来一大片，砸得排架"嘎嘎"直响。

马海山是安全员，他担任警戒已经 10 多个小时了，这时他发现一根立柱正在缓缓地移动。马海山走到跟前一看，上面的重量已经把立柱压入横梁两厘米，排架还在继续"嘎嘎"作响。马海山大喊了一声："不好！张副连长，同志们，赶紧撤离险区！"

马海山这一喊，洞里一下子静了下来。

然后有人喊："民兵先下！"

接着又有人喊："工人师傅先下！"

张维勤沉着地指挥着大家："洞口跟前的同志先下，大家不要推让，依次快速撤出去！"

这时，沙石哗哗地往下落，排架不停地发出响声，张维勤走在最后面，他不断地观察着洞顶。

大家刚刚安全地撤离出来，排架就被砸塌了一层。

等塌方停止下来，大家又爬入大洞继续干。

就这样，他们熬了6个日夜，终于在里面支起了五层排架，又在下面架起双层护拱圈，彻底制服了这只拦路虎。

但是，大家刚刚战胜了流沙，又遇到了破碎的岩层，施工中竟然先后塌方29次，塌下来的泥沙、石头共有1.25万立方米，相当于他们1200米导坑的开挖量。

随着日程的进度，两面的导坑迅速向会师点靠拢。37米、27米、17米、4米……

这时，不知谁喊了一声："我听到对方的风钻响了，加油啊！"洞里顿时一片欢腾。

9月28日下午，连长裴秀忠拿起电话与西进方向施工连队的连长刘玉发通话，他们商定了点炮时间：16时整。

大家都不停地望着手表，静静地等待着胜利的炮声。

16时到了，"轰！轰！轰！"，随着3声"礼炮"过后，湘黔铁路上最长的一座隧道，终于在国庆节前胜利打通了！

工人、民兵一起飞奔会师点，钻过炸开的圆洞，两边的人们又是握手，又是跳跃，大家高兴得不得了。

这时，有人唱起了他们自己编的战歌：

> 革命路上大步迈，艰难险阻全踢开。
>
> 汗水滴穿万重山，双手引出铁龙来。

战胜白约山隧道大塌方

　　1971 年 2 月 27 日，正是中国传统的元宵佳节。但是，由于湘黔铁路大会战正处在紧张施工阶段，铁五局三处二十六连的工人并没有回家去欢度节日，而是在白约一号隧道内紧张地工作着。

　　三处九连指导员张国栋开完了会，他习惯性地看了看手表："嗯，十一点了。"他知道，再过一个小时，黄登友班就要下班了。

　　张国栋说："到洞子里看看。"然后他披了件旧棉袄，拿了一支手电筒就疾步向白约一号隧道走去。

　　隧道工地里是一片沸腾的场面，张国栋一边走一边想："现在上导坑已经从里向外衬砌，再衬砌 12 米就到洞口，这就不用再担心塌方了。"

　　隧道里，测量工商仕甫正在测量断面，机械工吕志远在查看高压风的情况，民兵吕永祥和他的战友们推着满满一车混凝土倒进灰盘，班长黄登友和 10 多个工人、民兵正挥舞铁锹，把混凝土灌进隧道拱部。

　　连长刘国安、副连长张凤鸣正在同工人民兵一起安装模型板。

　　张国栋高兴地一路走一路和大家打招呼，他走到刘国安面前说了声"我迟到了"，顺手把旧棉袄一甩，就和

铁路施工与建设

大家一起干起来。

突然，大家头顶的电灯一下子全部熄灭了，导坑里顿时变得伸手不见五指。

张国栋着急地喊道："怎么回事?"

刘国安随即大喝一声："快出去看看!"

张凤鸣从腰带上取下五节电池大手电，三步并作两步向洞口走去。

正在掌子面上施工的工人和民兵等了好久见还没有来电，也向洞口走去。

张凤鸣还没有走到洞口，就看到洞口堆满了乱石，他大声惊呼起来："哎呀! 塌方了!"

张国栋和刘国安两个人急步跨到了副连长的身边，大家只听见岩石继续发出"咔咔"的声音，而且还有碎石不停地下落。危石压得钢拱圈上的夹板发出响声，支撑木被压得"咔嚓"直叫，这响声越来越大，令大家不由得毛骨悚然。

经验丰富的刘国安预感到，这里必将产生更大的塌方，便大声命令："这里有危险，快往里撤!"

大家刚跑出危险区，就听到身后"哗啦啦"一阵巨响，就仿佛天崩地裂似的，大家都吓出了一身的冷汗。

还没有衬砌完的几米导坑全塌了，洞口被牢牢堵死了。

没有电，洞里漆黑一团，巨响过后，大家感到死一般的寂静，更令人不寒而栗。

张国栋用手电照了照手表，这时是 23 时 50 分。他又清点了被封在洞内的人，包括他自己在内一共 17 个人。

在隧道外面，正在干活的工人陈祖远第一个发现了险情，他大声地喊道："塌方了，隧道塌方了！"

连队文书蓝光友听见传来的险情，迅速打开广播，用高音喇叭发出了抢险警报。

调度员刘绍义立即向上级机关报告了险情，并向附近单位发出救险呼吁。

工人、民兵、解放军、机关干部、工程技术人员、医务工作者都闻讯赶来了。贵州省指挥部的领导赶来了，军代表谢先富不顾天黑路远，也一口气跑了 5 公里路，爬上了白约山腰，并立即组织人员抢险。

大家看到，从洞口塌下来的石头大约有一万立方米，把洞口牢牢地封住了。

抢险的人们有的手里没有工具，便用双手刨，许多人的手指都磨起了血泡，磨破了皮，血和泥浆混杂在一起，疼痛钻心。

洞里仍然在不停地往下坠落石头，被封在里面的 17 个人已明显感到呼吸不畅，危险正一步步地向他们逼近。

年仅 17 岁的民兵吕永祥被巨大的恐惧吓得浑身瑟瑟发抖，他问刘国安："连长，你们过去遇到过这样的塌方吗？"

刘国安顺口回答："没有。"他用手电照了照吕永祥的脸，刘国安又觉得这样回答太简单了，他又补充道：

"小吕，同志们，大家不要怕，洞外还有那么多的同志，他们知道我们在这里，一定会想尽一切办法来营救我们的。我们很快就会脱险的。"

大家都打起了精神，班长黄登友猛然想起来还有一盘和好的混凝土没有灌进拱部，再不灌的话，那就要板结报废了。

黄登友对大家说："同志们，还有一盘混凝土没有灌，怎么办？"

面对死神，17 个人竟然异口同声地回答说："灌完它！"

张国栋听到大家那铿锵有力的回答，激动得热泪盈眶。

要在平时，大家灌注一盘混凝土根本用不了几分钟，但此刻是在漆黑的山洞里，而且氧气奇缺，灌完它会比平时付出更大的代价。

几束微弱的手电光照着隧道的拱部，大家手持铁锹往里灌注混凝土。

时间一分一秒地过去了，洞里的氧气越来越少了，大家的嗓子眼像被堵了一团棉花似的，呼吸困难，随着手臂的一起一落，呼哧呼哧的就像在拉小风箱一样。大家的脑门上都沁出了大串的汗珠。

整整 20 分钟过去了，大家终于把一盘混凝土都灌注完了。

他们坐下来休息的时候，黄登友借助微弱的手电光，看见塌方的地方有一把铁锹，他迅速冲上前去把铁锹捡了回来。

工人吴贵元、民兵班长杨朝思也在黄登友的带动下，把一块块木材码得整整齐齐，又把一件件工具擦得干干净净，整齐地放在安全地带。

张国栋看着眼前的一切，心里一阵激动："我领着他们活着进来，也一定要领着他们再活着出去，这才对得起他们的父母，对得起他们的妻子儿女！"

想到这里，张国栋说："同志们，外面的人肯定都正在营救我们，我们不能坐等，要配合洞外突围，一定要活着出去。"

由于空气越来越少，张国栋说话的声音越来越小，他的脸被憋得又红又紫。

其他人也都站起来，奋力地搬着石头，但他们一个个呼吸越来越急促，有的搬着搬着竟然一头倒在了地上。

洞外的人们心急如焚，他们正在抓紧进行抢险工作。大家根据地形，决定从塌方的洞顶上挖一个斜井，这样既可以先向洞里输送氧气，又能尽快地把里面的人救出来。

大家争分夺秒，奋力拼搏，斜井终于挖通了。大家都高兴地大叫起来：

挖通了，斜井挖通了！

铁路施工与建设

军代表谢先富嘶哑着嗓子对着斜井下面高声喊："张指导员！刘连长！战友们！你们听到了吗？"

这时，洞里的 17 个人已经到了生死的危急关头。

突然，大家看到塌方的顶部透进来了一缕阳光，顿时感到洞里的空气也清爽了，沉闷的气氛一下子活跃起来。

他们顿时激动得热泪盈眶，相互拥抱着，一齐高声欢呼。

洞外的人听见洞内传来的欢呼声，知道战友们安然无恙，都长长地舒了一口气。

斜井在不断扩大，洞里的人已经可以脱离险区了，但斜井既长又窄，只能容纳一个人，而且还可能随时坍塌堵死。

在这个时刻，大家都不愿意丢下其他人先走。

干部说："同志们先走。"

而工人、民兵们却说："干部要带头先走。"

工人们又说："民兵先走。"

民兵们却说："不，还是工人老大哥先走吧。"

张国栋见此情景，急忙与刘国安、张凤鸣商量，3 个人意见一致。张国栋宣布："民兵先走，工人再走，干部最后。"

张国栋发现大家还在推让，就严肃地说："抓紧时间！一切行动听指挥！"

大家这才一个接一个地向斜井上攀去。

张国栋在清点着人数，9 个民兵出去了，5 名工人也出去了，张凤鸣也出去了。这时刘国安还要推让，张国栋一把把他推到前面，自己最后一个离开险区。

　　大家爬出斜井后，看到洞外前来营救的人漫山遍野。

　　洞外的人就像迎接凯旋的英雄一样，把他们几个抬起来，高高地抛向天空。

　　张国栋看了看手表，这时是 2 月 28 日 7 时。

钢铁七姐妹奋战湘黔路

1970 年 10 月 20 日，贵州纳雍县参加湘黔铁路会战的民兵出发了。

肖家寨生产队的女青年张品、肖桂棉、邓珍芬在听到修建铁路的消息后，就赶紧去报了名，但通知下来以后，却没有她们的名字，可把几个姑娘急坏了。她们找到公社去说，但无论怎么说，干部们就是不答应，说是"名额满了"。

后来她们去悄悄打听了一下，原来是上级认为修铁路是重体力活，不让女孩子参加。

姑娘们一听就急了："谁说我们不行，妇女能顶半边天，时代不同了，男女都一样，你不准我们去，那挂起月亮也讲不拢！"

3 个姑娘一心要去抢修湘黔铁路，她们瞒着父母，连东西也顾不得多带，就偷偷跑出了家门。

半路上，她们遇到了彝族姑娘张惠英、龙尚会、安学芬，还有京族姑娘赵传英，7 个姑娘都是为了修铁路不约而同地跑到一起来了。

她们当中，最大的 19 岁，最小的只有 15 岁。一路上，她们风餐露宿，一刻不停地赶往会战工地。

从冶昆到水城滥坝，将近 100 公里，她们为了赶上民兵队伍，决定走小路。

但她们谁也没有出过远门，道路也不熟悉，于是一边走着一边打听。她们两只脚都跑出了血泡，可还没有看到民兵队伍，只好坚持着继续跑。

她们一直跑到太阳落山的时候，才赶上了民兵队伍。她们找了个地方随便睡了一夜，第二天就赶紧往滥坝火车站赶。

接下来这段路更难走，多数都是弯曲的羊肠小道，上上下下的，她们跑得腿都酸了。

当她们来到索桥渡口的时候，船家却不肯摆渡她们，而且还很认真地对她们说："刚才区里整队的同志说了，叫你们赶快回家去！"

七姐妹哪里肯回去，她们好说歹说加央求，才说服了船家，终于把她们渡过了河去。

七姐妹过了河，就爬行在三锅庄那"之"字形的山路上，上到山顶再下来，一上一下就是20多公里路。她们今天觉得更累了，每前进一步，脚就像踩在糯米粑粑上一样黏糊糊的抬不起脚来。

七姐妹直累得腰酸腿疼，满身是汗，渴了就喝几口山泉，饿了啃几口粑粑，但她们谁也没喊一声累，一直坚持到达滥坝火车站，跟着会战民兵登上了火车。

她们到达工地以后，心里可高兴了，大家心里都在想："现在生米已经做成熟饭了，你批准更好，不批准反正我们也铁下心来不回去了。"

仅仅过了两天，领导就来动员她们回家了。领导对她们说："指挥部有规定，凡是没有手续的都要回去。"

开始是营领导来做工作，没有做通，接着团领导又来找她们谈话，还是说不通她们。团长只好说："留下你们，人员就超额了，没有工资指标呀。"

七个小姐妹异口同声地说："我们是响应号召来抢修战备路的，没有工资我们也要干。"

由于民兵们物资供应跟不上需要，生活条件差，而她们又没带行李，加上是编外人员，因此，她们比起其他民兵来就更苦了。

天气越来越冷了，她们除了随身穿的两三件衣服之外，晚上连被子也没有。职工们帮她们弄来两床棉毯，七个女孩子就这样挤在一块，熬过了一个个寒夜。

不久，上级党委批准她们参加会战了，并组成了女民兵班，任命汉族姑娘张品为班长，彝族姑娘张惠英为副班长。

苗岭的冬天，细雨下个不停，天寒地冻的，北风将挂在树枝上的雨滴冻成了冰柱，泥泞的小路被冻成了坚硬无比的板块，而且上面就像涂了一层油一样，稍不留神就会滑倒。

这两天连续下雨，引起了山洪暴发，河水猛涨，将施工准备灌注桥墩的片石、河沙冲走了。

大桥指挥部号召每人完成一立方米石头或河沙的任务。七姐妹决定抢时间把冲走的河沙夺回来，她们夜里翻来覆去地怎么也睡不着，干脆就都起了床。

她们一齐来到了伙房。正值夜班的炊事员奇怪地问她们："你们几个姑娘，半夜不睡觉爬起来干什么？"

她们说："我们要去捞河沙，快打饭给我们吃，不要耽误了时间。"

炊事员抬头看了看墙上的挂钟，然后不慌不忙地对她们说："现在还不到三点钟哪，怎么能耽误时间？你们快回去睡觉去吧。"

看到炊事员那公事公办的样子，七姐妹也没有办法，只好回到宿舍躺下。

过了一会儿，大家忽然听到一声火车汽笛响，她们以为附近复烤厂拉起床汽笛了，就连忙翻身起床，又跑到伙房去。

炊事员一看又是她们几个，就对她们说："你们怎么天还没亮又来了？"

张品一看软的不行，就板起脸严肃地对炊事员说："毛主席教导我们，'三线建设要抓紧'，现在毛主席都睡不好觉，我们怎么能睡得着？我们要把这几天耽误的时间抢回来。"

炊事员这下没话说了，他只好说："好吧，我给你们炒些热饭，吃了好上班。"

七姐妹吃过饭，刚走出伙房，她们就被黎明前的寒风冻得直打哆嗦，外面寒风呼啸，穿透棉衣，直往人的骨头缝里钻。

她们扣紧了脖子上的衣服扣子，但牙齿还是禁不住直打战。

姐妹们来到河边，二话没说，就脱了鞋子挽起裤腿跳下河去捞沙。

那冰冷的河水钻心刺骨，她们才捞了几筐沙就冻得浑身打战，但仍然坚持着。实在受不了了，她们才上到岸上暖和一下手脚，然后又跳下河去继续干。

到天亮的时候，她们已经捞起了 6 立方米多沙子，为大桥按时施工作出了贡献和表率。

七姐妹夜战寒流捞沙石的事迹迅速传遍工地，从而掀起了前所未有的施工高潮。

但是，七姐妹并没有就此满足，后来她们调到贵定一号隧道负责搅拌混凝土的时候，也工作得很出色。

有一天，她们上夜班正碰上下大雨，在洞外作业困难就大了。

但七姐妹想起正在洞里施工的人正需要混凝土，大家都说："我们决不能影响到洞内施工，是'铁姑娘'还是'豆腐姑娘'，这次就让事实说话。"

姐妹们边说边解下围腰往头上一顶，就投入了工作中。

大雨不停地下，雨水和七姐妹的汗水混在一起，湿透了她们的全身。但她们毫不在乎地说："你下吧！你下得再大，也没有我们抢修铁路的决心大！"

七姐妹冒雨干到天亮，一共搅拌了 160 多盘混凝土，比平时还多出了 30 多盘。

后来，七姐妹在工人师傅的指导下，还学会了操作碎石机、混凝土搅拌机，并不断提高工效，创造出新的成绩。

每当夜深了，工人、民兵们都带着一天的疲劳进入了梦乡，可是七姐妹床前的灯却仍然亮着。

她们正在穿针引线，给男民兵和工人们缝补衣服。

不管是在寒冷的冬天，还是炎热的夏夜，七姐妹在工作之余，总是不顾疲劳，一针一线地给大家缝补衣服。

有一次，民兵祝顺明的衣服破了，他找不到布料就拿来了。龙尚会二话没说就把衣服接下来了。她悄悄地把自己的一件旧衣服拆了，剪下好布给祝顺明补好了衣服，又亲自送过去。祝顺明非常感激她。

但是，姐妹们的旧衣服毕竟有限，而要补衣服的民兵、工人却不断登门。姐妹们正在为难之际，班长张品这时却想起了上级才发下来的新棉衣，对姐妹们说："我们把那倒长不短的新棉衣剪短一节，不是又合身又能匀得了补衣服的布了吗？"

姐妹们一致赞同张品的意见。她们动手剪棉衣的时候，又发现原来衣袋是没多大用处的，于是就一起拆了下来。

后来，七姐妹带来的线用完了。她们正想托人到外面去买，张惠英突然发现爆破后的废导火索可以利用，就捡了一根交给张品，对她说："你看，外边这层线拆下来，再洗干净，不是可以补衣服吗?"

姐妹们围拢过来一看，都说:"是呀，是可以用。"这下大家可高兴了，只要一有空就到工地捡废导火索。连里的工人、民兵知道这事以后，也都帮着她们拣，这样一来，她们就不愁线不够用了。

七姐妹离家时间长了，也经常想家，张品、安学芬的母亲都有病，家里几次来信催她们回家看看，但她们说:"抢修铁路要争分夺秒，回家一趟就要耽误十天半月，我们坚持修通铁路再回家!"

一年多来，七姐妹没有一个人请过假，有的人甚至亲人病逝也没有回家。

七姐妹在工作中不断创造新的成绩，被团里评为先进集体，分指挥部党委发给她们"钢铁七姐妹"的奖旗。她们当中还有4个人加入了中国共产党，3个参加了共青团。张品还出席了中共毕节地区第一次代表会，张惠英被选为中共纳雍县委委员。

女民兵打通湘黔“三八隧道”

铁路正线施工的战斗打响了，工人和男民兵担任了隧道、桥梁的主攻任务。

当时，丹寨民兵团不让女民兵进隧道施工。200多名苗族、水族、布依族、汉族姑娘们一听就急了，她们拥到团部，提出强烈的抗议：“打隧道应该有我们一份。”“妇女能顶半边天，为什么那样瞧不起我们?”

团领导只好向她们耐心地解释：在中国铁路建设史上，乃至世界铁路建设史上，从来没有妇女参加打隧道的。因为建桥是高空作业，打隧道是重体力活，妇女的生理条件不允许。

团领导把大道理小道理跟她们说了多少遍，但姑娘们就是不依。她们说：“我们的平均年龄只有17岁，而且从小在农村劳动，干体力活已经习惯了，身子棒得很，哪样工作不能干!”

但无论姑娘们怎么说，领导就是不让她们进洞打隧道。

她们就在私下里商量，有人说：“我们悄悄进洞里去，等我们都干了，看他们还怎么说?”

大家都赞同这个主意。

当天夜里，王正芬、肖玉秀等几个姑娘悄悄地溜进了隧道。她们看到洞里灯火通明，到处都是铁锤声，工人们正光着膀子忙得满头大汗。

正在施工的工人们突然看到眼前出现一群挽着发髻、穿着筒裙的漂亮姑娘，都惊呆了。

姑娘们请求工人师傅指点她们干活，工人们一开始不肯，后来被她们的热情感动了，就耐心地给她们传授技术，她们就悄悄地干起来。

接下来几天，悄悄进洞打隧道的女民兵们越来越多了。

团党委后来得知了这个情况，进行了认真研究，最后决定：冲破禁区，批准她们进洞。

团党委把全团的女民兵集中起来，组成了"三八女民兵连"，并给她们配备了得力的妇女干部，还给她们请来一批有经验的工人作指导。

团里把一座长250米的隧道命名为"三八隧道"，交给女民兵连完成。

她们打隧道，首先要去刷洞门。悬崖有50多米高，需要爬到那上面去劈山炸石。这些姑娘过去只在田头灶头操劳，不知道从哪里下手，而且她们穿着筒裙，挽着发髻，确实不方便。

姑娘们就纷纷把裙子换成了长裤，而且生平第一次剪短了头发。

当时风钻还没有运到工地，全靠人工打眼放炮。姑娘们在工人们的指导下，腰系着安全索，登到悬崖上面，一边学习一边干。手上磨起了血泡，肩膀也累肿了，但她们仍然不肯放下工具。

就这样，她们很快就学会了掌钎、打锤。

姑娘们遇到的第二个大难题是放炮。过去她们在家的时候，看见人家放鞭炮都要赶紧把耳朵捂起来，吓得心里怦怦直跳，现在要她们去装炸药雷管，而且要放开山炮，的确是道难题。

肖远珍、杨美珍自告奋勇，带头放炮，突破了这一大难关。

她们就这样人工开挖，创造了日进洞 5.4 米的好成绩。

后来，上级给"三八连"配备了两台风钻，姑娘们用手摸着新武器，心里说不出的高兴，全都跃跃欲试。

但是，打风钻就是对男人来说也不是容易的事，何况是她们，就是让她们端起这 35 公斤多的大家伙站一会儿也不容易，现在可要真枪实弹地考验了。

17 岁的马文莲说："我们已经闯过了两道难关，难道这一关就过不去吗？时代不同了，男人能办到的事我们女人也一定能办到。"

马文莲首先挑起了打风枪的重担。她脑子活，身体结实，很快就摸透了操作风枪的窍门。

有一次，马文莲发着高烧，还瞒着大家坚持进洞打风枪。风枪的螺丝摆动了，她发现后立即去拿扳钳来修理。就在转身去拿的时候，她却突然一头晕倒在地上。

大家赶紧把马文莲送进了医院，可不到两天，她又偷偷地跑了回来，重新端起风枪。领导发现了，立即派人又把她送回了医院。

"三八连"在打中层漏斗炮眼的时候，因为没有支撑架，彝族姑娘龙治芬、水族姑娘韦银姣、汉族姑娘刘开芝就用肩膀扛起风枪打。

风枪的油和水从她们的脖子顺着裤腿流到了脚下，把她们全身的衣服都湿透了。

工人师傅们看到天冷，怕她们感冒，就劝她们烤烤火，休息一会儿再干，但她们却怎么也不肯下火线。

到换班的时候，她们的手都肿了，脚也麻了，浑身骨头都像散了架一样。可她们却硬撑着，还乐呵呵地说："不怕石头硬，打它个稀巴烂；不怕风枪抖得凶，一定叫它打冲锋！"

在工人们的技术指导下，她们连续克服了打眼、放炮、灌拱、浆砌等重重难关，突破了妇女不能打隧道的禁区。她们努力奋战，一再加快工程进度，终于干净利落地建成了"三八隧道"，在铁路施工中立了新功。

修建湘黔铁路凯里车站

1971 年初，铁六处和凯里民兵团的指战员们，接受了修建凯里车站的任务。

大家来到这里，看到这儿是一个群山环抱的荒凉河谷，清水江边到处都是悬崖峭壁。

按照设计，要从悬崖上向山肚子里打 14 个横洞，从山顶向下打 27 个竖井、45 个药室，装上 435 吨炸药，进行湘黔铁路最大的一次爆破。

当时，这里地质复杂、溶洞很多，要在这里进行大的爆破，困难的确不少。

但是，大家仍然向地层的心脏开战了。药室越挖越深，人们在洞内作业，经常因为空气稀薄而昏倒，但他们出来换一口气，就又继续去战斗了。

老工人叶宗元一次在洞内放小炮的时候受伤了，鲜血直流，但他以坚强的毅力强忍着疼痛，坚持战斗，完成了任务。

3 月中旬的一天，7 个药室突然塌方。在这紧急关头，凯里团一连指导员潘应尧，民兵王全才、王家安等挺身而出，冲进险区，排除了塌方。

3 月 20 日，一声巨响震撼了千山万壑，435 吨炸药掀起 40 多万立方米土石，飞向预先指定的地方。

爆破后，黄平团和天柱团的数千名指战员，立即风尘仆仆地赶到，开始大拉槽的施工。

一时间，工地上红旗招展，战歌嘹亮，到处听到风枪在怒吼、机器在轰鸣。

天柱团二十二连排长刘传芳一年多来点放了6000多炮，由于他胆大心细，从没有出过事故。刘传芳为了排除瞎炮，经常早出工，晚下班，大家都说他太辛苦了，劝他休息一下，刘传芳说："为了早日修通湘黔铁路，我再苦再累也心甘。"

黄平团的一些连队进入大拉槽以后，大搞土地机械化，他们的工地上斗车奔驰，板车穿梭，土起重机、滑土板大显神威。

十二连的男女民兵们，为了早日抢通大拉槽，他们肩挑土石，奔走如飞，展开了友谊比赛。女民兵们不顾天气炎热，挥汗如雨，一天挑出170余挑土石。

机筑处和六处的部分指战员，驾驶着机械，每天跟泥水、石头、塌方进行战斗。他们克服了场地狭窄、地质复杂等重重困难，胜利完成了任务。

随着工人、民兵的日夜苦战，大拉槽地面不断降低。

但是，当大拉槽拉到中层的时候，槽里却出现了大量地下水，工地上到处是水坑和泥浆，机械陷在泥水里，要用几台机械拉，给施工带来很大的困难。

工人、民兵们采取东面施工，西面排水；西面施工，东面排水的办法，出一层土，就挖一层沟，与地下水进行着巧妙的战斗。

在寒冷的月子里，许多人赤着脚下到水里挖水沟，石片划破了脚，鲜血直流，但他们仍然坚持工作。许多人长期在水里作业，脚都溃烂了，但他们谁也不肯说一声，不停一天工。

就这样，地下水终于被大家征服了。

一个个这样的日日夜夜过去了，大家为了早一天抢通大拉槽，早一天修好湘黔铁路，把个人的事都放在一边。大家只有一个念头：决不当湘黔路上的拦路虎，要把铺轨列车胜利地引进凯里车站。

7月4日，铺架列车到达了清水江二号大桥桥头，大家知道，最后的战斗来到了，他们更加不知疲劳地奔跑着，谁也不离开工地，谁也不肯休息一会儿。7月6日，湘黔铁路的钢轨终于安放在大拉槽上。

过了大拉槽，就到了车站大填方。六处二十九连和天柱民兵团六营担负着横跨洗马河大拱涵的施工任务。

大家在这里推广了干硬性混凝土掺片石的新战术。在刚开始搞试验的时候，有人对这项新技术持怀疑态度，他们说："大米、包谷煮成一锅，怕捏不成团，等着到时拆了模板看吧。"

经过3次试验，大家拆开模板一看，大部分都密实，表面光滑，只有几处出现蜂窝麻面。这时又有人说："别看马屎外面光，还得看是否经得住压。"

二十九连连长陈连全为了摸出保证工程质量的规律，

他和群众工作在一起，哪里有困难就会出现在哪里。

有一次，陈连全旧病复发，吃不下饭，但他仍然和战士们一起坚持施工。

老工人叶宗元、女民兵杨秀东专拣重活干，每天抬片石，安放片石，肩膀压肿了，手指磨出了血，但他们从不叫苦，也不让人替换。

干硬性混凝土试验完全成功了，省指挥部发来通报表扬，原来持怀疑态度的人也心服口服了。

大家在试验干硬性混凝土成功的基础上，继续试验掺片石，最终获得成功。

当拱涵灌注的施工在最紧张的时候，振捣器却出了毛病，有人提出："送厂里去修吧。我们又不懂。"

二十九连支书冯齐文说："不！我们现在是在抢时间，争速度，不能送厂修理！"然后，冯齐文就跟着修理班一起研究，鼓励大家克服困难，自己修理。

修理班在老工人孙景春的带领下，反复检查，分析研究，终于找到了机器的毛病，用土办法修好了机器。

大家看到，车站站场位于地势低洼、坎坷不平的湾溪河谷，如果在这里修建具有 21 股站线规模的客货站，就必须从西、南两侧的山上取土，在洼地里垒起长 1200 米、宽 145 米、高 20 米的大堤，工程任务十分艰巨。

机筑处三营职工担任了这项任务。

工作在站场东段的七连职工们，为了早日筑成路基大堤，风里来，雨里去，日夜奋战。老工人苏有德的爱人从远隔千里的陕西来工地探亲，领导派人去替换他，但苏有德却说："我们现在施工正在最紧张的时候，我怎么能停下来呢？"他说啥也不愿意离开工地，一直坚持工作到深夜。

七连和八连并肩战斗在向青石峰进军的工地上，一天上午，八十号铲运机在高坡上取土的时候，突然发生了故障。驾驶员正在抢修铲运机，机头突然从70多米高的坡上滑下来，眼看着灾祸就要发生了。

驾驶八十一号铲运机正上坡的驾驶员李钦文，在这十分危急的时刻发现了这一情况，立即对学员小秦大叫："快，快让开！"然后自己紧握着操纵杆，加大马力，朝着往下冲的机头迎了上去。

当两机快要接近的时候，李钦文猛拉转向离合器，急踩刹车，用自己的车子的履带挡住了往下冲的机器，保住了机头，避免了一场事故。

八连的职工们正奋战在站场西端的蛇山工地上，蛇山是一个45度的陡坡。

当时正是北风呼啸、滴水成冰的季节，大部分铲运机都没有驾驶室，但工人们仍然坚持顶风冒雪向蛇山挺进。

有时他们工作到深夜，手脚都冻僵了，他们怕影响操作，只得劈柴烧火，烤暖了手脚就继续工作。

王彩华驾驶被誉为"小火车"的六十七号铲运机，出勤率高，将耗油量降到最低，月月夺得高产，把"老掉牙车"变成了多装快跑的先进车。

修理组的职工为了保证机械多出车、多运载,他们不分白天黑夜,把工具箱扛到工地修理。有一次,四班的修理工为了抢修六十七号铲运机,他们一天只吃了一个冷馒头,却在工地上连续工作了 13 个小时。

大家修理改造推土机,花了 5 天的时间,才在这人都难站稳的陡坡上开出了一条道路。

三营的职工们在一年多的时间里,削平了 5 个大山头,在坎坷不平的洼地里,筑起了一道宽厚的路基,建起了车站站场。

1971 年 3 月,建筑处三营十连的职工们修建凯里车站站房。

大家破除了材料运齐再动工的旧规定,来到工地不久就开始建房。

那时正是凯里的雨季,洼地里泥滑路烂,水泥、木材、砖瓦等材料都运不到工地,工人们就凭着自己的肩膀,把一袋袋水泥、一根根木料扛到工地,顶着瓢泼大雨挖基砌墙。

大家根据设计,要将 3300 多平方米的 4 层站房大楼立在深达 3.5 米的厚填土层上,就要开挖上万立方米的深基础,还要砌筑数千立方米的基础。

工人、设计人员、施工技术人员和干部们一起,经过对多种方案进行比较,一次次地做试验,最后决定采用爆破短桩基础的新技术进行施工。

大家当时修站房基础，要打 230 个直径 60 厘米、深 3 至 6 米的成孔，但没有钻机，他们就自己动手用水管做钻杆进行钻孔。

大家经过 40 多天的艰苦施工，完成了 230 根爆破桩。他们用爆破短桩基础比采用片石深基础提前工期两个半月，节约劳力 1 万天，节约水泥近 200 吨，节约投资近 5 万元。

经过一年多的紧张施工，凯里站房终于屹立在清水江畔！

1972 年 7 月 6 日，湘黔线西端铺轨进入凯里车站，各族人民，特别是附近数十里的苗族、侗族人民，穿着节日盛装，扶老携幼，载歌载舞，从四面八方拥向清水江畔的湾溪，热烈欢迎开往湖南的列车。

湘黔铁路修到镇远城

1971 年 9 月，工人、民兵砸开西大门铁锁、割掉东山坪隧道的盲肠后，正准备把铺轨机开进大栗树车站的时候，一场意外事故突然发生了，顿时震惊了整个湘黔线。

由于古滑坡的复活，大栗树车站上千米已经成型的站坪和已经修好的站房，在一夜之间就到处陷落和歪曲，路基也被撕裂了，填方完全坍塌。工人、民兵奋战一年的成果毁于一旦。

工人、民兵面对这场铁路史上罕见的灾难，毫不畏惧，勇敢地提出："为了早日抢通战备路，天塌下来我们擎，地陷下去我们填！"

增援的部队也从四面八方赶来了，他们决定采取打锚固桩、砌挡墙、建三线桥等方法进行综合治理。

整治滑坡的主要措施是铆固桩，大家在线路两侧打上 80 多根铆固桩，把路基深深地铆在地层的基石上，使它不能再往下滑了。

大家治理滑坡的另一项措施，是修建大挡墙。他们修建的挡墙高达 23 米，在缺乏提升机的情况下，工人、民兵凭着肩头和双手，把一块块几百斤甚至上千斤重的大石砌到了墙上。

大家治理古滑坡的另一项重要措施是架设 2 号延长桥。他们仅用 33 天时间就建成了一座 78.3 米的三线桥主体工程。

　　经过 3 个多月的奋战，他们终于制服了古滑坡，保证了按时铺轨通车。

　　1971 年底，湘黔铁路会战已经到了决战的时刻。全线隧道工程已经完成 96%，大中桥工程已经完成 95%，小桥涵洞绝大部分已经完成，成型路基也一天天延伸，全线基本达到铺轨条件。

　　总指挥部决定：铺轨由东、西两头齐头并进，确定 1972 年 10 月在规定的合龙点翁塘两座大桥之间会师。

　　1972 年 8 月 1 日，东线铺架已经到达镇远大桥，大家已经隐隐地看到古城镇远了。

　　镇远依山临水，地形险峻，东头中河山上的青龙洞风景宜人，关于它的美丽传说在海内外都有流传。

　　50 年代中期，印度总理尼赫鲁访华的时候，特别关心镇远青龙洞的这座佛寺。

　　1971 年柬埔寨国家元首西哈努克亲王到中国访问时，也向周恩来问过青龙洞的情况。

　　因为这里有一则传说：青龙洞里睡着一条青龙，一旦青龙醒来，它就会穿群山，跨河谷，开出一条青光大道来。

　　现在，镇远的人民终于盼来了湘黔铁路这条青龙，他们美好的愿望就要实现了。

当地群众一大早就起来了，他们迎着欢快的汽笛声，跑到青龙洞旁、中河山下，向隧道眺望着。

伸着巨臂的铺轨机、架桥机和拉着桥梁、轨节的列车，正喷出云雾，从隧道里奔驰而出。

人们都高声喊着："看，青龙出现了!"大家看见这现实生活中的铁龙，更胜过了古老传说中的神龙千万倍，他们笑呀，跳呀，欢呼声压过了锣鼓声。

许多人都抑制不住内心的喜悦，跳起了当地独具风情的民族舞蹈。

金色的芦笙、欢乐的铜鼓、名扬四海的玉屏箫笛，将山山水水都闹活了。

三、 铁路通车与启用

● 在庆祝胜利接轨通车的日子里，苗岭山区的各族人民吹起金色的芦笙，跳起欢乐的舞蹈，欢呼幸福列车的到来。

● 国务院、中央军委为湘黔铁路通车发来了贺电："湘黔铁路的通车进一步密切了我国西南、华东和中南地区的联系，有利于加速大三线建设。"

● 习忠谦还说："我在湘黔铁路所有的进步，都是党和工人们再教育的结果，我决心在与工人相结合的大道上，继续前进，为铁路建设作出更大的贡献！"

湘黔铁路双线接轨通车

　　1972 年 10 月 13 日，湘黔铁路东线、西线铺架大军就要胜利接轨、通车了。

　　湘黔铁路接轨通车的喜讯，犹如强劲的东风，吹遍了湘江苗岭。

　　来自毛泽东家乡的新运处铺架一连工人驾驶着铺轨机、架桥机穿过巍峨的雪峰山，闯过密集的桥隧群，把铁轨铺到翁塘一号大桥。

　　从西向东挺进的新运处铺架五连工人越过鱼塘江天险，穿过崇山峻岭，跨过滔滔的清水江，也同时铺到翁塘二号大桥。

　　东西两座大桥相距仅有几百米，东线、西线两架庞大的架桥机同时在桥墩高空作业。

　　架桥机的铁臂把 100 多吨重的巨梁缓缓地吊起，然后轻轻地放在桥墩上，两台架桥机同时发出巨大的轰鸣声。

　　当地各族人民都身着节日的盛装，扶老携幼，喜气洋洋，从四面八方拥向接轨点翁塘。人们翘首相望，等待着东、西两条铁龙聚会的神圣时刻。

　　这一天，贵州高原秋高气爽，阳光灿烂，翁塘隧道进口，一派热闹非凡的节日景象，红旗招展，锣鼓喧天，欢声雷动。

在阳光下，巨幅标语光彩夺目，闪闪发光：

热烈庆祝湘黔铁路胜利接轨！

伟大领袖毛主席万岁！

1972 年 10 月 13 日 15 时，东线、西线两端的铺轨机伴随着雄壮的进行曲，将一排排轨节落下，缓缓地向接轨点推进。

围在路基两旁的人们都屏气息声，踮着脚尖，望着同一个方向，有人在低声喊着："靠拢了，接近了！"

15 时 40 分，最后一排轨节落下，最后一颗螺栓拧紧了，湘黔铁路全线胜利接轨合龙。

霎时，欢呼声和锣鼓声响彻云霄。

胜利会师的两个铺架队的工人紧紧地握手，互相热烈地祝贺。

湘黔铁路总指挥部，贵州省委、湖南省委指挥部的领导到现场热烈庆贺湘黔铁路胜利接轨。

贵州省委指挥部文艺宣传队在庆祝大会上载歌载舞，亲切慰问会战大军。

在庆祝胜利接轨通车的日子里，苗岭山区的各族人民吹起金色的芦笙，跳起欢乐的舞蹈，欢呼幸福列车的到来。

他们唱起了心中的歌：

　　　　铁路修过苗家寨，青山挂上银飘带。

　　　　村村寨寨连北京，山花朵朵向阳开。

　　黄平县谷陇公社青塘大队有 3 个 70 岁以上高龄的苗族老人，远远地听见欢快的火车汽笛声，高兴得一夜没合眼。

　　第二天，3 个老人一起赶了 5 公里多的路，来到谷陇车站。

　　他们一会儿眉开眼笑地瞧着火车头，一会儿弯着腰抚摸铁轨，不由得热泪盈眶，感慨万千。

　　他们说："回想起旧社会，我们苗家深受三座大山的残酷剥削，过着牛马不如的苦难生活。看看今天在共产党和毛主席的领导下，我们过上了越来越香甜的日子。只有共产党和毛主席的英明领导，才有我们苗家今天的幸福生活啊！"

　　在接轨点附近的施秉县翁塘大队四、五生产队的社员们，望着火车从自己寨子前的翁塘二号大桥上奔驰而过，感到格外亲切和激动。

　　在两年的铁路会战中，他们以人力、物力积极支援铁路。

　　工人和民兵也用实际行动支援他们，他们互相鼓舞，互相促进，结下了深厚的战斗友谊。

　　在建桥战斗的紧张时刻，四、五队的社员们为了尽自己的一份力量，老老小小都行动起来，利用清早和晚上到工地运片石。

舒游金、舒秀中、舒游富三个青年，为了多装快跑运片石，连夜动手制造了一辆鸡公车，奔跑在大桥工地上。

年近六十的老人郭福先，不顾自己年老体衰，积极到工地运片石，他说："心中想起毛主席，背起石头把劲添，支援铁路有责任，人老志更坚。"

国务院、中央军委发电祝贺

1972年10月20日，国务院、中央军委为湘黔铁路通车发来了贺电：

广州、昆明军区，湖南、贵州省委、省军区，湘黔、枝柳铁路会战总指挥部参加筑路的全体同志：

具有重要战略意义的湘黔铁路，经过你们两年来的艰苦奋战，克服了各种困难，于10月13日胜利接轨通车了。

…………

特向修建湘黔铁路的工人、中国人民解放军指战员、革命干部、工程技术人员表示热烈的祝贺！

湘黔铁路的通车进一步密切了我国西南、华东和中南地区的联系，有利于加速大三线建设。

希望你们认真总结经验，抓紧完成湘黔铁路的收尾配套工程，为多快好省地继续修建枝柳铁路而努力奋斗！

"国务院、中央军委给湘黔铁路发来了贺电！"

这一大喜讯在湘黔线广大工人、民兵、工程技术人员、干部中迅速地传开了。

大家读着贺电，心里充满了自豪和激动。

被邀请参加庆祝全线胜利接轨大会的民兵代表、原黎平民兵团铁姑娘排排长刘尧芳，坐在首次开往翁塘的列车上，双手捧着国务院、中央军委的贺电，读了一遍又一遍，两年来参加铁路会战的情景又一幕幕地呈现在她眼前。

两年前，刘尧芳和铁姑娘排的战友们相信"时代不同了，男女都一样，男同志能办到的事，我们女同志也能办到"，她们离开家门，兴致勃勃地参加了湘黔铁路大会战。

她们和工人、男民兵一起，战胜了重重困难，终于出色地完成了施工任务。

刘尧芳激动地说："国务院、中央军委的贺电，是对我们全体参加会战人员的最大鼓舞、最大关怀。

"过去我们民兵大多数人连火车都没有见过，和工人老大哥在一起，仅仅经过两年时间的会战，就完成了这个艰巨的任务。

"这说明，只要我们团结一心，就什么人间奇迹都能创造出来！"

从1950年修成渝铁路开始，新管处习忠谦工程师就参加了西南铁路建设。

習忠謙讀了國務院、中央軍委的賀電，他說：“雖然参加了20多年的铁路建设，但在湘黔铁路上的两年，却是我最难忘的两年。我和工人同志们朝夕相处，风里来，雨里去，冒着酷暑严寒，坚持战斗在第一线，学到了很多过去没有学过的东西。”

習忠謙还说：“我在湘黔铁路所有的进步，都是党和工人们再教育的结果，我决心在与工人相结合的大道上，继续前进，为铁路建设作出更大的贡献！”

本书主要参考资料

《国史全鉴》本书编委会编 团结出版社

《共和国五十年珍贵档案》中央档案馆编 中国档案
　　出版社

《中国现代史资料选辑》彭明主编 中国人民大学出
　　版社

《三线建设铸造丰碑》王春才主编 四川人民出版社

《铁道兵不了情》宋绍明主编 解放军文艺出版社

《穿越大裂谷》王春才主编 四川人民出版社

《邓小平与中国铁路》孙连捷著 中共中央党校出
　　版社

《铁道兵回忆史料》中国人民解放军历史资料丛书编
　　审委员会编 解放军出版社

《湘江苗岭飞铁龙》湘黔、枝柳铁路会战贵州省指挥
　　部政治部编印